edition suhrkamp 2438

Einst, als wir noch jung und unschuldig waren, da bohrten wir ein Loch ins Brot, um hindurchzuschauen durch das Brot, doch sahen wir auf der anderen Seite dasselbe Nichts wie auf dieser. Das ging eine Weile gut, aber jetzt ist alles anders, denn jetzt sind wir total erwachsen. Heute essen wir das Brot, treiben Sport, zahlen Steuern und wissen: Liebe geht, Arbeit bleibt.

Als Chronistin des Alltags läßt Iris Hanika ihren Blick überall und über alles schweifen. Dabei schaut sie eher das Kleine an als das Große, zieht das Konkrete der Abstraktion vor und geht lieber ins Detail als in die Theorie. Das aber tut sie, wo immer sie gerade ist, in Berlin, Wien, Paris, Chicago oder Auschwitz, im Supermarkt und beim Warten auf Michel Houellebecq ebenso wie im Gasthaus, auf dem Bahnhof oder im Kino. Denn wo gehen wir hin? Immer einsam in den Tod natürlich, vorher aber durch die Wirrnisse der Liebe, des Straßenverkehrs und des Nikotinentzugs.

Iris Hanika wurde am 18. 10. 1962 in Würzburg geboren. Im Zonenrandgebiet aufgewachsen, lebt sie seit 1979 in Berlin. Sie war feste Autorin der »Berliner Seiten« der Frankfurter Allgemeinen Zeitung und schreibt regelmäßig für den »Merkur«.

Foto: Santu Mofokeng

Iris Hanika

Das Loch im Brot

Chronik

Suhrkamp

edition suhrkamp 2438
Sonderausgabe zum 40jährigen Bestehen der edition suhrkamp 2003
Erste Auflage 2003

Originalausgabe

Satz: Jung Crossmedia, Lahnau
Druck: Nomos Verlagsgesellschaft, Baden-Baden
Umschlag gestaltet von Werner Zegarzewski
nach einem Konzept von Willy Fleckhaus
Printed in Germany
ISBN 3-518-12438-2

1 2 3 4 5 – 07 06 05 04 03

Das Loch im Brot

Normal sein

Normal ist das Leben in dem Augenblick geworden, wo es egal ist, ob es noch fünfzig Jahre lang genauso weitergeht, wie es jetzt geht, oder ob man heute noch stirbt.

Es gehören Gegenstände dazu: eine funktionierende Waschmaschine, ein funktionierender Kühlschrank, ein funktionierendes Auto. Diese Dinge funktionieren, weil sie neu gekauft wurden. Wenn sie gebraucht gekauft wurden, dann in einem Fachgeschäft, das auch auf gebrauchte Geräte eine Garantie gibt. Ein gebrauchtes Auto wird selbst beim Fachhändler nur dann gekauft, wenn es weniger als hunderttausend Kilometer gelaufen ist. Dazu wird eine Teilkaskoversicherung abgeschlossen, bei Neuwagen aber eine Vollkaskoversicherung, womöglich wird noch ein Schutzbrief dazugekauft. Gegen den Versicherungsvertreter hätten wir uns wehren können, dazu sind wir alt genug, aber eigentlich hatten wir nicht viel einzuwenden gegen eine Haftpflicht-, eine Hausrat-, eine Berufsunfähigkeitsversicherung. Für eine Lebensversicherung dagegen ist es zu spät, deren Prämien sind in unserem Alter höher, als wir verschmerzen könnten.

Früher war das Leben anstrengend, weil wir ums Verrecken nicht mitmachen wollten. Im steten Schwimmen gegen den Strom blieben wir sensibel und für experimentelle Literatur empfänglich, trainierten also laufend auch unser Hirn. Wir mußten stark sein, sonst wären wir plötzlich im Strom mitgetrieben worden. Wir wollten nicht im Brot sitzen, sondern hatten ein großes Loch ins Brot gebohrt, groß genug, um uns direkten Kontakt mit dem Brot zu ersparen. Die Luft um uns dämmte uns ab vom Brot. Das war der Platz, an dem wir lebten.

Zwar ist das Loch im Brot auch das Loch, durch das man ins Brot hineinkommt, es ist auch eine Öffnung ins Brot; zuerst aber ist es das, was fehlt im Brot, es ist die leere Stelle, durch die man durchs Brot hindurchschauen kann, um auf der anderen Seite dasselbe Nichts zu sehen, vor dem man auf dieser die Augen verschlossen halten möchte. Und irgendwann (aber wann war das? Wann hat das angefangen?) – irgendwann war das Loch im Brot kein gemütlicher Aufenthaltsort mehr, irgendwann waren wir dafür zu alt geworden, denn es ist anstrengend, im Loch im Brot zu leben, es frißt mehr Energie, als wir entbehren wollten, jetzt, wo wir nicht mehr für unseren Idealismus büßen müssen, also nicht mehr nur gerne arbeiten und nicht nur gerne viel, sondern auch entsprechend dafür entlohnt werden, also im Besitz eines unbefristeten Arbeitsvertrages für eine ernstzunehmende Vollzeitstelle sind. Jetzt haben wir, was früher immer nur die Erwachsenen hatten, auch wenn diese Erwachsenen irgendwann schon jünger waren als wir selber. Wir haben einen vollen Arbeitstag und müssen trotzdem noch die vielen Dinge am Laufen halten, die zu so einem Leben im Wohlstand gehören. Daß es sich nur im Wohlstand angenehm lebt, können wir, nachdem wir es so lange ohne ihn versucht haben, voll und ganz bestätigen. Daß sich dabei die Wohlanständigkeit irgendwann wie von selbst einstellt, ebenfalls. Und das, obwohl unser Wohlstand ganz und gar nichts mit Luxus oder gar Reichtum zu tun hat, sondern nur bedeutet, daß wir wissen, wovon wir die Miete zahlen, und im übrigen sorglos nach der guten alten Maxime verfahren können, daß man keine billigen Sachen kaufen darf, wenn man nicht reich ist. Wir wissen die einfachen Freuden des modernen Lebens zu schätzen, Zentralheizung, Kachelbad und Dampfbügeleisen. Jetzt essen wir das Brot.

Wo wir früher mit Inbrunst die Faschisten haßten, hassen wir heute die Leute, die ihre Hunde ihr Geschäft auf dem Gehsteig machen lassen und den Haufen dann nicht wegräumen, und die, die nachts ohne Licht Fahrrad fahren, weil sie uns dabei so erschrekken, wenn wir sie mit unserem funktionierenden Mittelklassewagen wieder einmal fast überfahren hätten. Außerdem hassen wir es, daß alle öffentlichen Orte mit Radiomusik überlaut beschallt werden und daß auf der Autobahn alle links fahren und dabei unnötig Staus verursachen. Den Faschismus hassen wir selbstverständlich nach wie vor, vielleicht fast noch mehr, seit wir uns nicht mehr nur für KZ-Insassen interessieren, sondern uns inzwischen – vielleicht seit wir ehemalige DDR-Bürger kennen, vielleicht auch bloß, weil wir älter geworden sind – sehr gut vorstellen können, wie anstrengend schon die alltäglichen Gemeinheiten in einem totalitären Staat sein müssen, auch in einem ohne KZs, und außerdem, daß Auswandern auch auf dem Oberdeck kein Spaß ist, wenn man dazu gezwungen wird. So hassen wir den Faschismus nach wie vor, bloß füllt uns das nicht mehr aus. Auch haben wir gemerkt, daß wir damit in Wirklichkeit gar nicht so alleine sind, wie wir uns früher immer eingebildet haben.

Die Erstarrung der mittleren Jahre. Das Gesicht hat sich verändert, es ist unleugbar ein Erwachsenengesicht geworden. Eigentlich, das wissen wir, wäre es besser, nicht mehr ungeschminkt auf die Straße zu gehen, andererseits haben wir uns noch nie auf unser Aussehen verlassen, um im Leben voranzukommen. Aber wiederum andererseits haben wir im Laufe der Jahre gelernt, daß es durchaus hilft und das Leben weniger anstrengend macht, hübsch auszusehen, statt immerzu alle mit unseren inneren Werten niederzuwalzen.

Geschminkt oder ungeschminkt: Wir kennen unser Gesicht zu lange, um es noch häßlich finden zu können. Fest drücken wir mit den Fingern hinein und ertasten den Totenkopf, der darunter schon wartet. Wir tun das regelmäßig in den besonders starren Stunden, wo es uns fast lieber wäre, gleich zu sterben, als noch fünfzig Jahre weiterzuleben. In den anderen Stunden hören wir auf zu rauchen und treiben Sport, damit es auch wirklich fünfzig Jahre werden. So schwanken wir hin und her zwischen »carpe diem« und dem guten alten Psalm 90,10: »Unser Leben währet siebenzig Jahre, und wenn es hoch kommt, so sind es achtzig Jahre, und wenn es köstlich gewesen ist, so ist es Mühe und Arbeit gewesen; denn es fähret schnell dahin, als flögen wir davon.« Als Frau kann man zu den achtzig Jahren heute locker fünf bis zehn Prozent dazugeben. Das ist erschreckend. Wäre »carpe diem« nicht doch viel vernünftiger? Vielleicht am vernünftigsten wäre eine Kombination aus beidem, aber warum sollte man sich mit fünfundzwanzig weiteren Jahren begnügen, wenn es auch fünfzig sein können? Warum aber soll man sich überhaupt auf eine Zukunft einrichten, wenn man doch weiß, daß alles immer genau so weitergehen wird, wie es heute geht, und die Momente reinen Glücks wirklich ausgesucht selten sind und – carpe diem – auch mit einem schnellen Tod nicht zu teuer bezahlt wären? Wir verstehen Rainer Werner Fassbinder, der gesagt haben soll: »Lieber doppelt so schnell und halb so lang«, andererseits finden wir das total bescheuert. Denn was soll das für ein Glück sein, das aus Alkoholismus und fettem Essen besteht? So fliegen wir davon.

Und treiben Sport. Ab Mitte Dreißig treiben alle Sport, denn ab Mitte Dreißig weiß man, daß der Körper verfallen wird und Gesundheit das Wichtigste im Leben ist. Man hatte schon mehr als einmal eine äußerst schmerzhafte Krankheit, man kennt die Schwachstellen des Körpers und hat bereits verschiedene kleine Zipperlein, man weiß, wieviel Alkohol man verträgt und welches Essen nicht. Das Körperbewußtsein dient nur in zweiter Linie dazu, das andere Geschlecht anzulocken. In erster Linie geht es darum, möglichst wenig Schmerzen zu haben.

Die große Liebe ist ganz und gar aufgebraucht. Wir dachten, es sei normal, daß man sich ein bißchen miteinander langweilt und den anderen inzwischen nicht mehr ganz und gar außergewöhnlich findet, sondern ebenso normal wie sich selbst und auch ein bißchen spießig wie sich selbst, aber da beklagt sich unsere große Liebe plötzlich darüber, daß auch in seinen Lenden das Feuer erloschen sei, und fängt dabei auch noch wieder zu pubertieren an. Er müsse alleine sein, sich selber finden, müsse Ordnung in sein Leben bringen und dabei könne er einen nicht brauchen. Solche Trennungsgründe hätten wir von Männern erwartet, die halb so alt sind wie er. Indes wird er sich bald nach Mädchen in diesem Alter umschauen. Wir wünschen ihm, daß er sich dabei so richtig lächerlich machen wird, aber nur halbherzig, denn erstaunlicherweise sind wir weniger traurig, als wir gedacht hätten. Wir lassen ihn gehen und ziehen selbst unserer uns bestens bekannten Wege. Unterm Gesicht sitzt der Totenschädel, und die Zähne sind mit Gold ausgegossen, wie es unser Herz einmal war. Das füllen wir nun mit unserer Arbeit aus, denn: Liebe geht, Arbeit bleibt.

Und es geschieht nun alles, wovon wir nie gedacht hätten, daß es uns geschehen könnte. Wir verstehen, warum die Leute Sachen sagen wie: »die Zeit rast«; »man verträgt eben nicht mehr so viel wie früher«; »wir werden alle nicht jünger«. Die Erwachsenen haben schon immer so geredet, und uns schauderte davor. Wir reden auch weiterhin nicht so, interessieren uns allerdings mittlerweile durchaus für Möglichkeiten der Steuerersparnis, die wir es einst nicht für möglich gehalten hätten, überhaupt einmal Steuern zahlen zu müssen. Es gibt noch mehr solche Sachen. Denn hätten wir uns vorstellen können, einmal am liebsten Hollywoodschinken im Kino sehen zu wollen und keine Lust auf französische Filme zu haben? Es hat aber auch sein Gutes. Zum Beispiel lesen wir jetzt ausschließlich gute Bücher, nämlich alte, weil uns für Neuerscheinungen die Zeit zu schade ist. Erst wenn ein Buch mindestens zehn Jahre überlebt hat, beginnt es für uns interessant zu werden. Und wenn es schlecht ist, merken wir das nach den ersten drei Sätzen und lesen dann nicht weiter. Wir reden auch nicht mehr mit Leuten, die kein Gespräch führen können. Und wir lächeln schon lange nicht mehr, wenn uns jemand langweilt, denn wir haben es nicht mehr nötig. Und es stört uns auch überhaupt nicht, daß manche Leute uns vielleicht nicht so nett finden. So fliegen wir davon.

Es kommt!
Es kommt!
Es kommt alles noch viel
besser, und dann.

[15. 2. 1997] Am Potsdamer Platz auf der Behelfsbrücke blieb ich stehen; den See unten hatten die Bauarbeiter in den Sand gesetzt. Auf dem See wurde gearbeitet. Auf einem Ponton stand eine kleine Hütte und vor der kleinen Hütte ein Froschmann, der zum Untertauchen fertiggemacht wurde, als ginge der Landmann zum Bestellen des Feldes und die Landfrau zöge ihm den Kragen glatt und das Landkind hielte dem Vater die Mittagsjause hin, oder wie das in den Alpen genannt wird. Dem Mann da unten schloß einer Schläuche an den Taucheranzug an, der Mann stand da wie eine große Puppe, mit gespreizten Beinen, einer bugsierte den Kapitän-Nemo-Helm von oben auf den Anzug, alles in Gelb, einer setzte ihm seine Brille durchs noch offene Sichtfenster wieder auf. Es war abends und Mitte Februar und ziemlich kalt, und den ganzen Tag schon blies der Wind so stark. Unten der Froschmann stieg zwischen einem Pfosten und dem Ponton die Leiter ins Wasser hinab, die Lampe auf seinem Helm reichte nur zwanzig Zentimeter weit durchs Wasser, so trübe war das Wasser da unten. Oben einer holte eine Stange, damit unten der nicht zwischen Pfosten und Ponton zerquetscht würde, man sah ihn nicht mehr, endlich sprudelten Luftblasen

hoch. In der Hütte saß der, der dem Taucher die Brille so zärtlich ins Gesicht gesetzt hatte; er hatte Kopfhörer auf mit einem Mikrofon dran, damit hielt er Sprechkontakt zu dem Mann da unten, der aber nicht unten sterben mußte wie freilich manche. Wie viele schon ihr Leben auf dieser Baustelle ließen, wie viele es noch lassen werden, wird man sicher nie erfahren.

[28. 10. 1995] Fette Hunde: Eine alte Frau am Stock, der linke Knöchel mit Bändern umwickelt, mit drei alten Hunden verschiedener Rassen, davon zwei ziemlich dick. Einer scharrt neben mir in einem Loch im Pflaster und holt sich einen Stein heraus. Dann gehen sie weiter (kurzer Plausch mit der Nachbarin über Eisenmangel bei Hunden). Entgegen kommt ein alter Mann, der schon aus der Ferne (noch mindestens fünfzig Meter und eine Straße entfernt) seinen winzig kleinen Hund mit sicherem Griff hochhebt und auf dem Arm weiterträgt.

[20. 11. 1995] Draußen liegt die Stadt schneehell (warum sitzen wir im Dunkeln?).

[21. 1. 1999] »Ich weiß, daß es einen Gott für mich gibt«, sagt der Herr am Nebentisch. Wenig später allerdings bemerkt er, daß man nicht wissen könne, was alles um uns ist. Der Mensch sei eben nicht Gott. Mein Gegenüber bemerkt dazu, manche haben Gott, wir nur unsere Väter. Dann bespricht er mit mir die Schönheiten des Sonnenauf- und -untergangs sowie der Zeitungspoesie. In der Zeitung nämlich hatte gestanden,

Günther Strack sei so beliebt gewesen, daß selbst der Tod ihm nicht habe weh tun wollen. Später sagt er, Schriftsteller seien kurzsichtig, Maler dagegen weitsichtig, und Kontaktlinsen seien Weiberkram, das sei wie Binde dranmachen, und ich finde es eklig, daß er so redet.

Ich will auf ihn warten, erklärte sie, als er schon lange fort war und alle sich wunderten, daß sie so von innen leuchtete, woraus sie schlossen, sie sei wohl darüber hinweg und interessiere sich eben nicht für andere Männer, von denen einer vielleicht sie auf ganz anderes Gelände hätte führen und ihr ein neues Geleis hätte zeigen können, auf dem ein anderer Zug hätte fahren können.

Ich will auf ihn warten, ich werde auf ihn warten, erklärte sie.

Warum nur, Kind, warum?

Weil ich ihn liebe, darum.

Aber er liebt dich doch nicht.

Das könnt ihr gar nicht wissen.

Er hat dich aber verlassen.

Das macht nichts. Ich will auf ihn warten, ich werde auf ihn warten. Eines Tages wird er wiederkommen, dann können wir ja sehen, ob er mich liebt oder nicht. Diese Chance soll er haben.

[27. 11. 1995] Genormtes Sprechen: Bis 19 Uhr schaffe ich das nicht. Ganz herzliche Grüße von Susanne, die hier neben mir sitzt. Wir sind gerade in einem guten Gespräch. Draußen liegt schon eine Schneedecke

(müßte heißen: eine geschlossene Schneedecke). (Dies ins Mobiltelefon gesprochen.) Wir hatten eine sehr schöne Zeit. Bitte haben Sie Verständnis. Ich bitte um Ihr Verständnis.

[31. 10. 1995] Jetzt ist eine glückliche Zeit. Es regnet nur in der Nacht, das ist sehr anständig vom Wetter.

[31. 10. 1995] Das Familienleben war für ihn eine Übung in teilnehmender Beobachtung. Er war ihnen allen über, und er hatte sie alle über. Es konnte ihm keiner das Wasser reichen, ohne zu erschauern vor dem Fremden am Tisch, der einmal zu ihnen gehört hatte.

[4. 12. 1995] In die öffentlichen Verkehrsmittel hineintauchen, in die Wärme der vielen Körper mit starren Gesichtern, reden mit keinem, niemanden ansehen, nur eine sein von vielen, Teil der Menge.

[20. 10. 1998] »Walking in Memphis« kommt aus den Lautsprechern im Rasthaus Fläming, das von Mövenpick betrieben wird; das ist ein schönes Lied, das mir immer gut gefallen hat, und außerdem reden viele Leute viel Zeug, und darin bin ich plötzlich ganz abwesend, aber ganz da, weil alle Geräusche miteinander verschmelzen und ich dem Geschehen um mich herum nichts entgegenzusetzen habe, ohne daß mich das stören würde. Ich bin ganz bei mir, nichts geht durch mich hindurch, zugleich bin ich aber ganz verschmolzen mit den Dingen, bin selbst ein Ding, und die Geräusche bilden eine Schutzwand um mich herum, und ich bin ganz glücklich.

Als ich meine Abwesenheit bemerkte, fiel mir eine Sequenz aus der langen Anfangssequenz von »Saving Private Ryan« ein, die die Landung der alliierten Truppen in der Normandie am Omaha Beach am 6. Juni 1944 nachstellt: In dieser Sequenz sind die Geräusche weg, und alles geschieht wie in Zeitlupe, alles Schießen und Sterben, also überdeutlich, und mir kamen fast die Tränen.

[6./7./17. 6. 1998]

Die Abwesenheit des Schankkellners. So in seine Arbeit vertieft, daß er die Tresenhocker nicht wahrnimmt, meinen die, wenn er ihre Gläser nicht schnell genug nachfüllt (aber denen wäre kein Tod schnell genug).

Das Schwanken des Stammgasts. Der schönste Platz ist immer an der Theke. Zu dumm nur, daß man ihn gelegentlich verlassen und pinkeln gehen muß. Durchs ganze Lokal volle Breitseite. Und in der Ecke sitzt der Eckenhocker.

[20. 11. 2001] Zahnarztpraxis im Wedding

Auf der langen taubenblauen Kunstledercouch im Wartezimmer sitzen eine Frau Mitte Dreißig und ihre dreizehn, höchstens vierzehn Jahre alte Tochter. Die Frau trägt eine Brille mit dicken Gläsern, ihre halblangen Haare sind dauergewellt. Das Mädchen hat das aschblonde Haar der Mutter, aber es ist glatt und reicht ihr bis zu den Ellenbogen. Beide tragen helle Sweatshirts und Jeans. Vor ihnen liegt eine bunte dünne Zeitschrift der Regenbogenpresse. »Der hat so viele

Frauen gehabt«, sagt die Mutter beim Betrachten einer Fotoseite. Zum Erklären setzt sie sich auf: »Erst war er verheiratet, da hat er auch Kinder her. Dann war er mit der Naddel zusammen. Dann war er vier Wochen lang verheiratet mit der anderen Frau …«, sie überlegt einen Moment: »mit Veronika Feldbusch. Dann war er wieder mit der Naddel zusammen, und jetzt ist das seine Freundin.« Sie deutet auf das große Foto, das Dieter Bohlen und seine neue Freundin zeigt. »Einundzwanzig Jahre ist die alt. Und er ist siebenundvierzig.« Sie hält inne. »Sind ja bloß sechsundzwanzig Jahre Unterschied«, sagt die Tochter. »Ja, sechsundzwanzig Jahre«, sagt die Mutter. Schweigend blättern sie weiter. »Du darfst keine Grippeschutzimpfung machen«, sagt die Mutter. Die Tochter schaut sie fragend an. »Wegen deinem Asthma. Das weiß ich, weil der Opa das gemacht hat. Der hat gedacht, ihm macht das nichts, und dann ging's ihm echt Scheiße. Also mach das nicht.« Schweigend blättern sie weiter, halten gemeinsam inne. Nun liest die Mutter ihrer Tochter vor: »Englischer Sex. Unter englischem Sex versteht man eine Form des – Ge-schlechts-ver-kehrs mit sehr – kom-pli-zier-ten Stel-lung-en.« Sie liest nicht flüssig, sondern gerät immer wieder ins Stocken. »Englischer Sex verlangt einige Ge-len-kig-keit und ist – für Per-so-nen, denen es an – Be-weg-lich-keit mangelt, nur schwer – aus-zu-führen.« Die Tochter hört schweigend zu. Die Mutter stockt auch bei »Kamasutra«, diesen Satz liest die Tochter schnell und flüssig vor. Dann geht es weiter mit dem englischen Sex. Am Ende fragt die Mutter: »Kannst du dir darunter etwas vorstellen?« – »Nein«, sagt die Tochter sofort. »Hm«, macht die Mutter und schaut sie einen Moment lang prüfend an. Dann blättert sie weiter.

[1994] Einmal habe ich die Frankfurter Vorlesungen von Uwe Johnson gelesen und fand sie tendenziell unerträglich. Es ist eine humoristisch sich gerierende Pedanterie in ihnen, die völlig humorlos mit ihrer Humoristerei eine Distanz zum Gegebenen zu behaupten vorgibt, die nicht vorhanden ist, weil das Gegebene akzeptiert wird als Zweitbestmögliches. Und dieser Satz hätte Uwe Johnson möglicherweise gefallen.

[14. 8. 2001] Wege zum inneren Frieden: Buddhismus, Psychoanalyse, Pferdehaltung.

[27. 6. 1996] Vor dem Bordell *Sweetheart* in der Naumannstraße parkt in zweiter Reihe ein BMW mit laufender Warnblinkanlage.

[27. 6. 1996] Im Café Einstein sitzt eine mindestens sechzigjährige Frau mit langen offenen Haaren auf einer Bank. Es ist mittags, auf dem Tisch vor ihr stehen zwei Weißweingläser. Sie hat ihr Kleid hochgeschoben und sitzt breitbeinig da. Unter dem Tisch kann ich ihre schwarzbestrumpften Beine sehen bis zu dem Punkt, wo das Fleisch der Oberschenkel sich berührt.

[Paris] Rue de Bellechasse. Rue des Mauvais Garçons. Aids-Schleifchen aus Rubinen. In einer Cafeteria am Boulevard Vincent Auriol steht eine winzige alte Frau vor der Kaffeemaschine. Sie mustert mehrere Tassen auf ihre Sauberkeit hin, bis sie mit einer zufrieden ist und sie unter die Maschine stellt. An dem Tisch, an den sie sich setzen will, rückt sie die Stühle gerade und begutachtet auch diese, bis sie den gefunden hat, auf den sie sich setzen kann, nachdem sie ihn mit einer Papierserviette abgewischt hat.

[16. 7. 1996] Tragehenkel: Ein Holzgriff, durch den ein Draht gezogen ist, drei Seiten eines offenen Vierecks. Unten sind die beiden Drahtenden gebogen, man hakt sie in eine Schnur, die um einen großen Karton gebunden ist, auf dem der Name einer Firma steht, die Hifi-Geräte herstellt. Umklammert wird der Griff von der rechten Hand eines Mannes in einem abgetragenen Anzug. Er schleppt den Karton die Treppen zur U-Bahn hinunter. Herauf steigt eine Frau, die in der einen Hand zwei Plastiktüten, in der anderen einen alten grünen Kunstlederkoffer trägt. Heute ist der Tag, an dem die Menschen ihre Habe mit sich herumschleppen. Die Dinge müssen wandern, von einem Ort zum andern.

[16. 7. 1996] Vom Zug aus sah ich einen Mann, der mit einer Schaufel im Garten arbeitete. Ich sah im Vorüberfahren, wie sein linker Brustmuskel zuckte, als er die Schaufel in den Boden stieß.

[10. 8. 1996] M. berichtet von J.s Kündigung:

Ihm wurde fristlos gekündigt, und er mußte innerhalb von 60 Minuten seinen Schreibtisch räumen.

Das Arbeitsverhältnis endet am 29. Februar 1996.

Das Betreten der Geschäftsräume ist ihm seit Freitag untersagt.

Er hat nicht damit gerechnet.

Er hat am Freitag ca. zehn Personen angerufen und signalisiert, daß er dem Arbeitsmarkt wieder zur Verfügung steht.

Er glaubt, Opfer einer Intrige zwischen dem Geschäftsführer und der Marketingleiterin zu sein.

Er glaubt nicht, daß ihn ein Verschulden trifft.

[22. 7. 1996] So sehr hatte er sich an seinen guten Vorsätzen gemästet, daß er ganz aufgeschwemmt aussah.

[24. 7. 1996] Ich mag es, wenn ich einen leichten Sonnenbrand habe. Der wärmt mich am Abend, wenn die Sonne untergegangen ist.

[24. 7. 1996] Die Uhr zeigte neun und blieb nicht stehen. Die Zeit ging weiter, und die Uhr spreizte ihre Zeiger immer breiter auseinander. Er fand es geradezu vulgär, konnte aber den Blick nicht abwenden. Bis Viertel zehn starrte er die Uhr an. Später beschloß er, eine Uhr mit digitaler Anzeige zu kaufen.

[25. 7. 1996] Kurz bevor er an seinem Haus ankam, nahm er die Schlüssel aus der Tasche und schaute dabei wie immer zu seinen Fenstern hoch, um zu sehen, ob vielleicht schon jemand vor ihm heimgekommen war.

[2. 8. 1996] Grenzverletzungen: ein Mann fragt eine Frau, mit der ihn kein sexuelles Verhältnis verbindet, nach ihren sexuellen Phantasien; auf dem Teller von jemand anderem mit dessen Besteck herumfuhrwerken, z. B. etwas zerschneiden, um zu zeigen, wie »richtig« gegessen wird (Artischockenboden vom Stiel trennen).

[14. 8. 1996] Wie lang das Leben ist. Daß jeder Tag einzeln gelebt wird und dann ziemlich lang ist (wenn er gelebt wird).

[6. 3. 1997] Um sich die Gabel in den Mund zu stopfen, benötigt der Mann die Kraft, die andere brauchen, um eine Zehn-Kilo-Hantel hochzustemmen. Dann kaut er sehr energisch und streicht sich dabei in einem fort mit der Hand durchs halblange Haar, das ihm ständig wieder ins Gesicht zurückfällt. Er kommt immer alleine, und er trägt immer dieselben weißen Turnschuhe mit dicker Gummisohle und sonst nur Jeans, Hemd wie Hose, darüber eine bräunliche Blousonlederjacke. Manchmal, wenn es sehr kalt ist, hängt ihm ein Nickituch um den Hals. Sein Bart ist dünn und gleichmäßig über die untere Gesichtshälfte verteilt. Die obere Gesichtshälfte dominiert eine kleine Brille mit schmalem goldfarbenen Metallgestell. Seine Haare wirken immer fettig, obwohl sie es nicht sind. Ich nenne ihn still bei mir »den einsamen Diplomingenieur«. Das Studium klebt noch an ihm, obwohl er die Dreißig deutlich überschritten hat.

[18. 8. 1996] Ich rufe aus Berlin die Mailbox von Klaus Wallendorf an, der in der Ägäis Ferien macht, und spreche ihm die Adresse von Masako in Yokohama auf, der er gerade einen Brief geschrieben hat, wie er mir auf meinen Anrufbeantworter gesprochen hat.

[20. 8. 1996] Arschloch (sagen alle immerzu). Ein elektrischer Türöffner brummt die ganze Nacht wie eine riesengroße fette Fliege: BZZZZZZZZ...... Ein Fernseher, der eine ganze Straße beschallt. Von einem Balkon herunter das ausdauernde Gespräch vierer erwachsener Personen (zwei älter, zwei jünger) über Boiler und Durchlauferhitzer.

[23. 8. 96/11. 5. 2002] Leicht ist es, die Toten zu lieben, denn sie können sich nicht wehren. Aus demselben Grund ist es leicht, die Tiere zu schützen, das ist sogar noch leichter, als die Kinder zu schützen. Wer einmal beschlossen hat, Lebewesen zu schützen, weil er glaubt, die könnten das nicht selbst, ist von tödlich gnadenloser Selbstherrlichkeit, wie der Mord an Pim Fortuyn beweist, der nach ersten Berichten erschossen wurde, weil in seinem Wahlprogramm stand, er wolle ein Gesetz zum Schutze von Pelzzuchttieren wieder aufheben.

Gestern abend saß ich im Café *Jenseits* am großen Fenster dort, fast im Freien, denn die können dort die ganze Scheibe aufschieben, und las Zeitung. Plötzlich stellte ein junger Mann, der vorher an einem anderen Tisch gesessen hatte, seine fast leere Kaffeetasse mir gegenüber auf den Tisch und sagte: »Hier ist doch noch frei?« Ich verneinte. Das konnte er nicht verstehen. Ich verwies darauf, daß noch viele andere Tische frei seien und daß ich gerne alleine an diesem Tisch sitzen wolle. Er sagte: »Dann setz dich doch daheim auf deinen Balkon.« Ich erinnere mich nicht, was ich darauf alles gesagt habe, am Ende stellte er seine Tasse aber auf einen anderen Tisch, und ich sagte zum Abschluß: »Und ich will auch nicht geduzt werden.«

[23. 8. 1996] Gemeinsam geht ein junges Paar zum Geldautomaten, es hängen zwei Automaten nebeneinander, da können sie beiderseits von ihren zwei Konten jeweils einen Betrag gleichzeitig abheben. Gemeinsam kommen sie zum Ende, gleichzeitig erbricht der Automat das Geld. Sie streichen die druckfrischen Scheine noch glatter, als sie eh schon sind, falten sie zusammen, schieben sie in die hinteren Taschen ihrer Jeans hinein. Befreit atmen beide aus der Tiefe auf. Gelöst schreitet das Paar in den Freitagabend hinein, nebeneinander, faßt sich nicht an Händen, Hüften, Schultern oder sonstwo.

[3. 9. 1996] Je näher man sich war, desto schlimmer. Erst verschmilzt man. Dann beginnt man, wenn man überleben will, sich wieder voneinander zu lösen. Was verschmolzen bleibt, muß sterben. (Wem die Nabelschnur nicht durchgeschnitten wurde, erstickt an ihr, sagt, wenn mich die Erinnerung nicht täuscht, Heiner Müller.)

[8. 9. 1996] (Ich will zu erklären versuchen, warum Werbung nie Kunst sein kann.) Kunst genügt sich selbst. Sie verweist nur auf sich. Sie verlangt, als sie selbst wahrgenommen zu werden und sonst nichts. Kunst verlangt: Schau mich an. Hör mich an. Lies mich. Sie verlangt nicht: Schau etwas anderes an, hör etwas anderes an, lies etwas anderes. Es sei denn, dies andere wäre Gott.

Idee für einen Zeitschriftentitel: »Neues goldenes Mundstück. Zeitschrift für den klassischen Blechbläser.« Der Untertitel sorgte eher für Verwirrung denn für Klarheit, weil sich schlichtweg jeder davon angesprochen fühlte, Mitglieder dörflicher Blaskapellen ebenso wie Absolventen von Musikhochschulen.

[17. 8. 1997] Vielleicht bin ich bloß ein bißchen schwer von Begriff. Bißchen schwer von Kapee und trage auch kein Portepee. Und weil ich so schwer bin, wie eine jüdische Braut sein sollte, wenn die Welt nicht so ungerecht wäre und sie kein Grab-in-den-Lüften-da-liegt-man-nicht-eng hätte, sinke ich immer in die abgelagerten Zwischenzustände hinab (hinab!) hinunter (hinunter!), ich falle in sie hinein und sitze dann zwischen den Zuständen, das ist der Z, Z, Zwischenzett, der Zwischenzeitzustand, zawitt, zawett, zawutt, du Kunststofffrosch.

Hauptstadt der DDR, die für meine Begriffe außer endloser Tristesse nichts zu bieten hatte und bevölkert war von in jeder Hinsicht gehemmten, mangelernährten, fahlen Menschen mit entweder fettigen oder kaputten Haaren, die sich bewegten, als würden sie zwischen elektrischen Zäunen gehen.

[18. 9. 1996] Frauen trainieren fürs Alter: Kurze Haare lassen einen schlagartig jünger wirken. Weißer Lidschatten unter den Brauen läßt einen frisch aussehen.

[15. 10. 1998] Nach dem Vögeln reden wir meistens über Auschwitz, das heißt, nicht über Auschwitz direkt, sondern über das, was es in uns anrichtet und im öffentlichen Leben. Nach dem Vögeln fallen wir voneinander ab, manchmal verschwitzt, immer erschöpft, und starren erst einmal die Decke an, und er zündet sich gar keine Zigarette an, und ich ziehe die Decke über uns, und dann fängt meistens er an, aber manchmal fange auch ich an, einer fängt immer an, und immer geht es um Auschwitz, nein, wie gesagt, nicht um Auschwitz selber, nicht um die Baracken und die Kapos und die Toten und die Gaskammern und die Züge und den Hunger und die Demütigung und den Appell und die Quälereien und die Arbeit und den elektrisch geladenen Stacheldraht und die Wachtürme, sondern um das Grauen, das sich unserer bemächtigt, wenn wir daran denken, daß es das gegeben hat, daß das in der Welt ist und daß die Amtssprache dort Deutsch war. Wir fangen dann doch das Rauchen an, ich ziehe mir vielleicht was über, er nicht, er bleibt immer nackt. Wir reden ziemlich lange, dabei lehnen wir uns aneinander, dann fingern wir an uns herum, dann ziehe ich mir

wieder aus, was ich mir übergezogen hatte. Dann hören wir wieder auf mit dem Reden und sagen nicht mehr viel, nur noch das, was man beim Vögeln so sagt, da kommt Auschwitz dann nicht mehr vor. Wir vögeln immer gegen Auschwitz.

[15. 1. 1997] Ich habe dem halben Mond zugesehen, wie er von der linken oberen Ecke meines Fensters an den rechten Rand in der Mitte wanderte und dabei an Farbe und Größe gewann. Jetzt akzentuiert er das Haus gegenüber (er hat ihm eine Krone aufgesetzt), und die Zweige der winterkahlen Platane hängen zwischen uns (zwischen ihm und mir).

[23. 10. 1996] Nachts trantütig im Auto durch die Stadt rollen, bis man in die parkenden Autos hineinkracht. Ungarisch lernen, um etwas Sinnloses zu tun; das einem Ungarn sagen, der ganz begeistert fragt, was einen denn bewogen habe, Ungarisch zu lernen. Die Haare immer wieder mit drei Fingern durchstriegeln, dabei überlegen, ob man die weißen Haare zählen soll oder ob das deprimierend wäre.

Das Hauptproblem ist, wie man die Zeit rumbringen soll zwischen Geburt und Tod. Gut ist es, früh zu sterben. Selbst Hand an sich zu legen ist abzulehnen: zu pathetisch, zu ernst. Praktisch ist es, Kinder zu haben oder arm zu sein, weil man da nicht zum Nachdenken kommt. Die Kinder machen immer mehr Ärger, je älter sie werden (»kleine Kinder, kleine Sorgen, große Kinder, große Sorgen«), so daß man fürs Alter gesichert ist: vor lauter Ärger und/oder Sorgen kommt man nicht dazu, das eigene Leben als lästig zu begreifen. Glücklich ist, wer vergißt, daß er zum Denken die Zeit gar nicht hat.

[30.3.2001] In der Platane sitzt auf einem Ast eine Nebelkrähe. Sie wendet der Frau, die aus dem Fenster schaut, das Hinterteil zu, während sie sich schüttelt. Der Mann sagt zu der Frau: »Ich schließe jetzt mal meinen CD-Spieler an, ich muß ja eigentlich nur die Stecker reinstecken.« Die Frau nickt und schaut aus dem Fenster. Die Krähe hebt den rechten Flügel etwas an, hoch und zur Seite. Sie beugt sich mit dem Kopf unter den Flügel und zupft an ihrem Körper herum, dabei schüttelt sie sich wieder. Dann sitzt sie einen Moment ruhig da, schüttelt sich, ist ruhig. Nun hebt sie den linken Flügel an und zupft unter dem herum. Der Mann geht aus dem Zimmer. Die Krähe legt den Flügel wieder an. Als der Mann wiederkommt, trägt er einen Stapel CDs in beiden Händen. Er plaziert den Stapel auf seinem Tisch und durchsucht ihn. Dann hält er eine CD in der Hand und sagt: »Diese hier habe ich insgesamt drei Mal gekauft«, bevor er sie ins Gerät legt. Die Krähe hebt den rechten Flügel leicht an, legt ihn wieder an den Körper, hebt ihn wieder an, legt ihn wieder an den Körper. Jetzt läuft die CD. Manu Chao singt spanisch. Die Krähe dreht sich etwas nach rechts und ist nun von der Seite zu sehen. Der Mann singt den Refrain mit: »mano negra / clandestina / peruano / clandestino«. Die Frau lächelt ihm zu, dann schaut sie wieder aus dem Fenster. Die Krähe beugt sich von

ihrem Ast hinunter, die Schwanzfedern sind leicht gespreizt. Dann setzt sie sich wieder gerade hin, dann beugt sie sich wieder hinunter. Die Frau schaut den Mann an. Der sagt: »Das wäre vielleicht was für dich«, und drückt auf seinem CD-Spieler herum. Jetzt ist eine Frauenstimme zu hören, sie singt einen französischen Text: »Je ne t'aime plus / mon amour / je ne t'aime plus / tous les jours.« Die Frau im Zimmer lächelt den Mann an, der jetzt die Männerstimme begleitet, ein Sprechgesang über der Frauenstimme: »Parfois j'aimerais mourir / tellement j'ai voulu croire / parfois j'aimerais mourir / pour ne plus rien avoir / parfois j'aimerais mourir / pour plus jamais te voir.« Die Frau lächelt. Der Mann lächelt zurück. Die Frau singt jetzt auch: »je ne t'aime plus, mon amour.« Dann ist das Lied zu Ende. Der Mann geht zum CD-Spieler und hält die Musik an. Die Frau lächelt. Die Krähe ist fort.

Geht ein Schnitter, heißt der Tod. Geht ein Schnitter, bringt den Schmerz. Geht ein Schnitter, ist der Sensenmann, trägt seine Sense stolz voran. Der mäht das Leben weg im Leben schon. Der haut die Arme weg im Leben schon, daß man sich nicht mehr halten kann. Haut auch die Beine weg im Leben schon, daß man zueinander nicht mehr laufen kann. Haut den Kopf nicht weg, zerhackt die Seele nur, daß man sich nicht mehr lieben kann.

Geht ein Schnitter, heißt der Tod und bringt den Schmerz. Läßt uns liegen in den Rümpfen bewegungslos, nur das Herz, der tapfere Muskel, das rast, das Herz ist der Tambourmajor, das Herz. Hat aber keine Arme mehr zum Schlagen, keine Hände mehr zum Greifen, hat auch keine Beine mehr zum Laufen und keine Füße mehr zum Treten. Nur die Seele schlägt es, nur die Seele. Der Mund ist geöffnet, dann geschlossen, der Mund wird nicht geküßt und kann auch selber keinen küssen. Kann nicht laufen zu einem, ihn zu küssen, kann nicht halten in den Armen, den zu küssen. Ach, die Seele nur, die ist aus Regenwurm ein großer Knoten, den Knoten haut der Schnitter durch, zerhaut den Seelenregenknotenwurm, da schlängelt es nach allen Seiten fort, doch findet seinen Anfang nicht und nie sein Ende, ist Gewimmel nur und ohne Füße, ohne Hände.

Geht ein Schnitter, heißt der Tod. Geht ein Schnitter, bringt den Schmerz. Geht ein Schnitter, haut die Glieder ab und haut den Kopf nicht ab, zermäht die

Seele nur. Das Herz schlägt wie Trommelknall, die Seele liegt in Stücken.

Geht ein Schnitter.

[13. 2. 1997] Ich bin ein Mensch, mit dem man sich siezen kann.

An der Ecke Reichenberger und Glogauer Straße ist Kreuzberg weder schick noch angesagt, noch sonstwie reizvoll. Deutlich zeigt sich die Nähe Neuköllns. Es gibt keine duften Kneipen und keinen charmanten Verfall, sondern Spelunken und Bruchbuden, in denen hauptsächlich Türken leben. In einem Haus aber wohnt im zweiten Stock Andreas, der rote Haare hat, sich jedoch als »blonden Engel von der Reichenberger Ecke Glogauer« bezeichnet. Unten im Haus ist kein Bioladen, sondern eine Videothek. Die wird gelegentlich angezündet. Das letzte Mal brannte sie in einem Winter, als nachts die Temperaturen oft auf minus zwanzig Grad fielen.

In jener Nacht donnerte um zwei Uhr ein Feuerwehrmann an Andreas' Tür und rief: »Jetzt müssen alle raus!« Da eine Freundin von Andreas bei einem Brand alles verloren hatte bis auf das Nachthemd, das sie gerade trug, packte er die wichtigsten Papiere zusammen, zog sich warm an und ging nach unten. Dort hatte die Feuerwehr einen Wärmewagen aufgestellt. In dem saß Andreas mit all seinen türkischen Nachbarn. Nach einer Weile wurde die Tür aufgerissen, und ein Feuerwehrmann fragte: »Spricht hier auch einer deutsch?« Und bevor Andreas auch nur seine Stimmbänder in Sprechbereitschaft versetzen konnte, so erzählt er es, riefen um ihn her alle im Chor: »Selbstverständlich!«

Seit diesem Brand wird Andreas nicht nur von den Nachbarn, die unter ihm wohnen, gegrüßt, sondern auch von denen, die über ihm wohnen, denn so ein Erlebnis schweißt zusammen.

[6./7./17.6.1998] Einmal war ein Mädchen, das jenseits der Liebe lebte und darum sterben wollte, aber das rechte Werkzeug nicht fand und darum noch heute lebt, natürlich immer noch jenseits der Liebe, denn der einzige Ort, zu dem sie hätte vordringen und zu dem sie sich hätte durchringen können, war der Tod, und dahin war sie nicht durchgedrungen. Es gibt keine richtigen Rasierklingen mehr. Womit soll man sich eigentlich umbringen heutzutage?

[27.2.1997] Es ist so selbstgefällig unelegant wie Tübingen, wo noch das letzte alte Häuslein so putzig den Jahrhunderten trutzt, daß man sich nach Bausünden sehnt, nach Rohbeton und Brutalismus.

[29.3.1997] Beim Bäcker ist der Laden voll. Fünf erwachsene Geistesbehinderte stehen drin und zwei Betreuer. Der eine kauft gerade etwas. Ein Verkäufer fragt den hinter jenem stehenden Mann nach seinen Wünschen, der Betreuer sagt gleich: »Wir gehören zusammen.« – »Wir gehören zusammen«, wiederholen darauf alle Geistesbehinderten nacheinander, jeder sagt einmal: »Wir gehören zusammen.« Sie gehören zusammen. Als sie gegangen sind, ist der Laden leer.

[23. 4. 1997] Günther mit th, 49, Reprofotograf, über sein Vaterland: »Deutschland nicht gut. Gefällt mir nicht. Selber Deutscher. Aber gefällt mir nicht. Italien fahren. Gleich hinterm Brenner in eine Bar. Espresso trinken. Viel besser. Nicht wie Deutschland.«

Über deutsche Literatur sagt Günther: »Deutsche Literatur langweilig, gedacht. Immer leiden. Siebziger Jahre. Jetzt ganz erstaunt. Gar nicht langweilig. Spannend. Wie amerikanische Romane. Reiseerzählungen. Amerikareisen. Reiseerzählungen immer spannend. Nicht langweilig.«

Aus einem Liebesbrief nach dem Muster von Jazz- und Song-Standards: Von dir habe ich gelernt, wie man Briefe zusammenfaltet ... wie man eine Zigarette hält ... wo der Rückwärtsgang im Passat ist. Und das kann mir keiner wegnehmen. Du machst mich fühlen wie eine natürliche Frau.

[18. 3. 1997] Die Natur ist nicht sozialdemokratisch.

Ich fuhr auf der Autobahn in Richtung Süden. Um halb fünf war ich in der Gegend von Leipzig, einer berückend flachen Landschaft. Von hinten schob sich königsblau die Nacht heran, vor mir der Himmel aber war livide und die Mondsichel so dünn, als wäre der Sonne eine Wimper ausgefallen. Am Horizont ein blasser Streifen wie eine rosa Mädchenwange.

[3. 8. 1997] Am Abend nach dem Regen im Sommer in dieser berückend flachen Landschaft in der Gegend von Leipzig vernebeln die Wasser den freien Blick, da

muß man sich orientieren an den Lichtinseln vom Flughafen, vom Gewerbegebiet, von den Schnellfreß-und-schlaf-Inseln, die den Vertretern ihren Beruf so triste machen, wie es für die literarische Weiterverarbeitung nötig ist, die diese erst ermöglicht.

[16./17. 2. 1997] Die Erde liegt nackt unter dem Mond, sie hat ihren Wolkenmantel ausgezogen.

[30. 9. 92] Kurz bevor es dunkel wird, steht schon die Mondsichel am Himmel und mäht die Köpfe weg.

[19. 5. 91] Das Bonsaileben zwischen Wohnung und Arbeitsstätte.

[20. 12. 1998] Im Radio wird gerade der Briefwechsel zwischen Hannah Arendt und Martin Heidegger als »Buch der Woche« vorgestellt. Ich höre immer so Fetzen: *Antisemitismus; Liebe; Leidenschaft; Eifersucht; Wiederbegegnung; alte Flamme; Emanzipation der Frau, der Philosophin; Herbst der Beziehung; Ehepartner; Sein zum Tode* usw.

[23. 3. 1999] Wenn Frauen und Männer miteinander reden, dann müssen Sie eine dritte Möglichkeit der Kommunikation finden, die beiden nicht eigen ist. Frauen können mit Männern nicht reden wie mit Frauen, Männer mit Frauen nicht wie mit Männern. Daher kommt die Spannung zwischen Frauen und Männern, daß sie sich auf unbekanntem Terrain, nein, auf nicht selbstverständlichem Terrain befinden, wenn

sie miteinander umgehen. Frauen und Männer, die sich nicht mit dem anderen Geschlecht verständigen können, sind vielleicht die, die mit dem anderen Geschlecht so zu sprechen versuchen wie mit dem eigenen.

[3. 3. 1999] Erst um unterzugehen, kommt die Sonne heraus. Den ganzen Tag hielt sie sich versteckt, nun will sie uns wohl versöhnen oder verhöhnen, weil wir uns immer so nach ihr sehnen. Aber sie macht, was sie will, da kann man noch so reimen.

[10. 5. 1999] Letzte Woche stieg eine junge Frau in die U-Bahn ein und flüsterte zu einem der beiden Neger, die auf der Bank neben mir saßen, hinunter: »Könnten Sie wohl mal aufstehen, damit die Frau sich hinsetzen kann?« Die Frau, die sich sollte hinsetzen können, war nicht zu sehen, der Mann verstand nicht, die Frau wiederholte ihr Anliegen, da standen zwei Mädchen, die gegenüber saßen, auf, und die Frau, die sich hinsetzen können sollte, setzte sich hin. Die junge Frau blieb vor ihr stehen und sprach nun zu ihr hinunter, mit dem Rücken also zu den Negern und zu allen anderen auch. Offenbar sagte die sitzende Frau, daß der Mann sie eben nicht verstanden habe, woraufhin die junge Frau sagte: »Die verstehen schon, die wollen bloß nicht.« An dieser Stelle griff endlich jemand ein und sagte: »Wenn jemand kein Deutsch kann, dann kann er kein Deutsch, da müssen Sie sich jetzt nicht so aufführen.« Sofort verstummte die Frau. Sie drehte sich nicht um, sondern blieb mit gesenktem Kopf stehen. An der

nächsten Station stieg sie aus, ich auch. Sie ging schnell weg, mit eingezogenem Kopf.

[17. 2. 2000] Die heute Dreißigjährigen kleiden sich bevorzugt in Nichtfarben: Hellgrau, Mittelgrau und Dunkelgrau sind ihre Favoriten. Sie sind in den orange-braunen Tapetenmustern der siebziger Jahre aufgewachsen, als die Frauen sich die Augendeckel knallblau schminkten. Heute gibt es auch Sofas, die mit grauem Anzugstoff überzogen sind. Das Material der Kleidung heute ist allerdings dasselbe wie seinerzeit, nämlich Plastik. Nur nicht mehr bunt.

Und die beliebteste Autofarbe ist silbermetallic, das ist auch eine Art Grau. Sogar die Polizei stellt sich darauf ein. In Stuttgart hat sie die neuen Autos in Silbermetallic bestellt und dann grüne Folie draufgeklebt. Hätte die Polizei weiße Autos bestellt, müßte sie sie nach dem Ablauf der Leasingzeit umlackieren lassen, was 4500 Mark pro Wagen kostet. Weiße Autos verkaufen sich schlecht zur Zeit, und die Polizei geht sparsam mit unserem Steuergeld um, wenigstens in Stuttgart.

[31. 1. 2002] Mittlerweile aber auch in Berlin.

[19. 2. 2000] Im Bus durch die Stadt fahren am späten Nachmittag, wenn es gerade dunkel wird, es ist Februar, die blaue Stunde ist grau, weil ein leichter Regen fällt, immerzu regnet es in diesem Februar.

[11. 3. 2000] Englisch für deutsche Journalisten: Dear German journalists: Englisch ist in Wirklichkeit eine

Fremdsprache. Englische Wörter haben in der Regel eine andere Bedeutung als deutsche Wörter, auch wenn sie von außen genauso aussehen. Wenn im Zusammenhang mit einem Film, einem Theaterstück, einem Roman usw. von einem »character« die Rede ist, zum Beispiel, dann handelt es sich dabei nicht um einen »Charakter«, sondern um eine Figur. Das kommt daher, daß ein Film in Wirklichkeit nicht die Wirklichkeit ist, sondern ein Kunstwerk. Die Schauspieler, die darin auftreten, spielen eine Rolle. Es gibt allerdings auch »Charakterdarsteller«, aber das bedeutet nicht »Rollendarsteller«, denn das Darstellen einer Rolle ist nun einmal, wie gesagt, die Arbeit, die der Schauspieler tut. Wenn man dann davon spricht, von dem Film und den Figuren, die darin vorkommen, ist es nicht Robert de Niro zum Beispiel, der irgend etwas sagt oder tut, sondern es ist die Figur, die er spielt. Wenn Sie, lieber deutscher Journalist, dann ein Interview mit Robert de Niro machen ... nein, der gibt ja keine Interviews. Also nehmen wir einen x-beliebigen Nobelpreisträger. Wenn der nun die ganze Zeit ganz ernsthaft seine Wirtschaftstheorie erläutert, dann aber plötzlich »you« sagt und Sie sich angesprochen fühlen, dann täuschen Sie sich, wenn Sie glauben, er meine damit Sie oder sei plötzlich ganz superlocker geworden. Vielmehr spricht er dann allgemein. In der deutschen Sprache kannst du das ganz leicht darstellen, du sagst dann einfach »man«: Das englische »you« bedeutet im Deutschen nicht immer »du«. Um den Unterschied zu begreifen, braucht es natürlich ein klitzekleines bißchen Kenntnis des Englischen, das, ich gebe es zu, eine sehr schwierige Sprache ist, sobald man mehr sagen will, als für den Tourismus nötig ist. Indes könnte in diesem Falle auch ein klitzekleines bißchen Sprachgefühl wunderbare Ergebnisse zeitigen. Alas, dear German journalists, ich weiß nicht, ob es Sinn hat, Sie auf diese Schnitzer hinzuweisen, die Sie täglich wiederholen, und ob Sie sich in Zukunft vielleicht etwas mehr zusammenreißen, wo Sie es nun schon geschafft haben, daß »to make sense« als Anglizismus ins Deutsche Einzug gehalten hat, und vielleicht sogar stolz darauf sind, aber es könnte mich zumindest dazu verleiten, Ihre Artikel, Interviews und sonstwas öfter zu Ende zu lesen, als ich es jetzt tue. Stop making sense. Sprechen Sie deutsch.

vom gesunden leben

alles aufgeben alles alles
alles essen alles trinken erst das rauchen
alles rauchen alles rauchen alles
aufgeben auf aufgeben
um das unglück auf den tod
also erst das rauchen
dann den zucker
zucker zucker den zucker
aufgeben aufgeben ganz und gar aufgeben
(schwer schwer genauso schwer wie das rauchen)
also wieder rauchen rauchen wieder rauchen
dann wieder aufgeben auf
alles aufgeben
erst das rauchen dann den zucker
dann die liebe dann das fleisch
dann den kaffee tee vielleicht den alkohol
(auch wenn sich das kaum lohnt)
dann den pursuit of happiness (verfolg des glücks)
dann das leben auf
aufgeben auf!
und ins aufgeben sich ergeben
und dem leben unglück glück dem tod
ergeben
sich ergeben
ergeben auf
geben auf gib

auf!
da capo al fine

[19. 4. 2000] Nimal stammt aus Sri Lanka, ist in den Dreißigern, sehr klein. Er trägt eine Brille und die schönen schwarzen Haare in einem Pferdeschwanz zusammengebunden. Ich begegne ihm immer auf der südlichen Seite der Oranienstraße, die den ganzen Tag im Schatten liegt. Erst gegen Abend, wenn die Sonne tief im Westen steht und geradeaus durch die Oranienstraße scheint, sitzt man auch hier im Licht. Lange Zeit gab es nur auf dieser Seite der Oranienstraße Cafés, die Stühle auf die Straße stellen.

Das erste Mal traf ich Nimal, als ich vor der einstigen Oranienbar saß. Jetzt heißt das Lokal *Mas y Mas*, und man kann nicht drinnen sitzen, weil dort die Musik zu laut ist. Nimal erspähte mich als passendes Opfer, setzte sich an meinen Tisch und sagte, er habe in Indien Astrologie, Handlesen und Ayurveda-Massage an einer Universität studiert. Ob er mir für zwanzig Mark aus der Hand lesen solle? Soviel Geld hatte ich nicht dabei, ich bot ihm zehn Mark, er war einverstanden und las aus meiner Hand, daß ich mich vor natürlichen Gewässern in acht nehmen solle. Schwimmbäder seien in Ordnung, aber wenn ich in Seen, Flüssen oder im Meer baden wolle, müsse ich sehr vorsichtig sein. Das überzeugte mich von seiner Handlesekunst, denn das Baden in natürlichen Gewässern habe ich schon immer gescheut, während ich in Schwimmbäder sehr gerne gehe.

Das nächste Mal saß ich vor dem *Bierhimmel*, als Nimal sich zu mir setzte. Er erwarte gerade ein sehr großes Paket voller Silberschmuck, sagte er, das er aber auslösen müsse. Wenn ich ihm zwanzig Mark liehe, könnte ich mir dann aus diesem Paket jedes beliebige Schmuckstück aussuchen. Die zwanzig Mark würde er mir natürlich außerdem zurückgeben. Ich war nicht an Silberschmuck interessiert und wollte ihm auch keine zwanzig Mark geben. Wieder war er mit zehn Mark zufrieden. (Stets das Doppelte zu fordern ist übrigens ein Rat, den altgediente Freiberufler den Berufsanfängern geben, mit dem diese dann allerdings auf die Schnauze fallen.)

Dann wurde es Winter. An einem Samstagabend stand ich in meiner Bank vor dem Computerterminal, als ein Mann hereinkam, der mir auf französisch erzählte, daß er aus Slowenien stamme und in Schweden arbeite, auf Durchreise sei und kein Geld mehr habe. Ob ich ihm nicht mit zehn Mark aushelfen könne? Da ich just gesehen hatte, daß eine größere Überweisung eingegangen war, gab ich sie ihm, auch weil ich gerade lernte, wie professionelles Betteln geht. Ich nenne es das Zehn-Marks-Betteln.

Bald darauf traf ich Nimal an der Ecke Oranien- und Adalbertstraße. Er hatte einen großen Rucksack umgeschnallt und sagte, er sei gerade aus seiner Wohnung hinausgeflogen, ob er vielleicht bei mir unterkommen könne, so für ein, zwei Wochen? Das lehnte ich ab. Ihm hingen Tabakfäden an der Lippe, und er wirkte verwirrt. Ich überlegte noch stundenlang, ob ich hartherzig bin. Einige Zeit später sah ich ihn in einem Supermarkt, da sah er mich nicht. Er wirkte noch immer leicht verwirrt.

Als wir uns das nächste Mal auf der Oranienstraße trafen, wieder vor dem *Bierhimmel*, wo wir uns jetzt immer treffen sollten, wieder hingen ihm Tabakfäden an der Lippe, wollte er kein Geld. Er hatte eine neue Unterkunft gefunden und war zuversichtlich. Bei unserem nächsten Treffen war er noch zuversichtlicher, denn nun hatte er auch noch eine kleine Arbeit gefunden, die ihm zwei- bis dreihundert Mark im Monat einbringen werde. Bei seinem ersten Job, berichtete er, habe er ohne Arbeitserlaubnis gearbeitet, sei erwischt worden und habe achttausend Mark Strafe zahlen müssen, so daß ihm von seinem ersparten Geld nur zweitausend Mark geblieben seien, mit denen er eine kleine Reise unternommen habe. Jetzt habe er aber eine Arbeitserlaubnis, könne wieder sparen und irgendwann vielleicht nach Sri Lanka zurückkehren. Auch könne er mir bald die geliehenen zehn Mark zurückgeben. Wieder sprach er von Silberschmuck. Morgen müsse er deshalb nach Hannover zu einem Rechtsanwalt fahren. Zum Reisegeld fehlten ihm noch siebenundzwanzig Mark. Ob ich ihm zwanzig davon leihen könne? Ich gab ihm wieder zehn. Und so weiter.

[2. 5. 2000] Es kommt eine Frau mit einem Fahrrad vorbei. Im Fahrradkorb auf dem Gepäckträger steht schräg ein großer türkisfarbener Schalenkoffer. In der einen Hand trägt die Frau eine Gitarre am Hals, mit der anderen schiebt sie das Fahrrad. Sie bleibt stehen und winkt jemandem zu, den sie hinter der Scheibe im Lokal entdeckt hat. Eigentlich ist nichts Ungewöhnliches an dieser Frau, aber weil sie soviel Zeug mit sich

herumschleppt, wirkt sie irgendwie asozial. Zwar schleppen eigentlich alle Leute unendlich viel Zeug mit sich herum, aber man darf es nicht sehen, obwohl man mit seiner Kreditkarte im Prinzip sogar sein ganzes flüssiges Vermögen bei sich trägt, während die Barschaft womöglich verschwindend gering ist. Damit man nicht asozial wirkt, müssen die Dinge, die man mit sich herumträgt, klein sein, nichts darf größer sein als ein Mobiltelefon, und schon ein großes Mobiltelefon wirkt asozial. Von entscheidender Wichtigkeit ist dabei, daß die vielen Dinge direkt am Körper verstaut sind. In den achtziger Jahren war es umgekehrt: da schleppten Karrierefrauen kopfkissenbezuggroße Handtaschen mit sich herum. Besser: Handtaschen, groß wie die Plastiktüten der Obdachlosen.

[1. 3. 1997] Geld sparen: Leitungswasser trinken. Kein Fleisch essen. Hirse, Polenta und dicke Bohnen essen.

[6. 5. 2000] Bei der Einfahrt in Kassel-Wilhelmshöhe sehe ich vom Zug aus, einen ganz kurzen Moment nur, eine Frau, die an ihrer fast zu Ende gerauchten Filterzigarette zieht, und sofort weiß ich, wie das Rauchen weh tut und wie es stinkt und daß es Sklaverei ist, wenn man an einem Samstagmorgen um neun Uhr zweiundzwanzig, auf einem Bahnsteig stehend, noch schnell ein paarmal an seiner Zigarette ziehen muß, während der Zug, der nur zwei Minuten Aufenthalt haben wird, schon fast steht, weil man nicht weiß, wann man das nächste Mal rauchen kann, und Angst hat, man könne

im Zug womöglich gar nicht rauchen und müsse dann den noch viel größeren Schmerz erleiden, Stunden ohne diesen Rauchschmerz zu sein.

[6. 5. 2000] Die Wiesen hat jemand auf die Hügel gestreichelt, und die Büsche sind große grüne Kissen, man muß das alles von oben sehen. Wo der Boden mager ist, schießt der Flieder ins Himmelblau, er ist lila und weiß, auch Hecken und Bäume blühen weiß, und irgendwie stört das viele grelle Gelb, das so deutlich aus dieser umfassenden Naturfestlichkeit heraussticht, gelb sind die Rapsfelder, und gelb sind Ginster und Goldregen. So ist die ganze Welt überdunstet mit der letzten großen Frühlings- und der noch größeren ersten Sommerfreude. Dabei geht alles viel zu schnell, es wird schon Heu gemacht, in große weiße Folienpakete verschweißt liegt die Mahd auf der kurzgeschorenen Wiese. Daneben stehen zehn ordentlich schwarz und weiß gefleckte Kühe auf der Weide. Einmal heißt es Wiese, einmal Weide. Es ist ganz vorbildlich, wie die Natur sich präsentiert. So adrett. Wie für die prospektive Schwiegermutter hergerichtet. Akkurat viereckig sind die großen Gelbfelder ins satte Grün gepflastert, frisch gestärkt die weißblühenden Büsche und Bäume, indes gen Abend dem Himmel das Blau verblaßt, doch die Sonne strahlt auch jetzt noch wie schon um sechs Uhr morgens, nur von der anderen Seite jetzt. Es strahlt die Sonn', die, schön wie nie, ohn' Unterlaß über Deutschland scheint, sie strahlt und strahlt, und man sehnt die Nacht herbei.

[14. 6. 1998] Tod ist die Abwesenheit von Mangel.

[19. 5. 2000] Wollte man den Supermarkt mit den Künsten vergleichen, wäre der Film sein Äquivalent, denn mit dem hat er viel gemein: die Produktion im Team, die im Vergleich zu allen anderen Künsten exorbitant hohen Produktionskosten, die Ausrichtung aufs große Publikum, die sich aus der Notwendigkeit, jene Kosten wieder einzuspielen, ergibt. Auch Supermärkte haben meistens einen Soundtrack, und was man vor den Kulissen sieht, ist nur der kleinste Teil der ganzen Unternehmung, nur das letzte Ergebnis einer langen Kette logistischer Anstrengungen. Filme werden in Kopien verbreitet, so daß alle Welt auf der ganzen Welt immer denselben Film sieht, nur die Sprache ändert sich und gibt der Sache dann doch ein wenig nationale Färbung. Ebenso sind auch die Supermärkte überall ein bißchen anders, eine kleine Differenz zeigt im weltweit Identischen an, in welchem Land man sich befindet.

[28. 5. 2000] Am Abend stehen die Bäume ganz still da, als wäre nichts gewesen. Als hätten sie sich nicht unterm Regen bis an den Boden ducken müssen, als hätten sie nicht im Sturm krachend geächzt, als er ihnen die Äste brach. Am Abend stehen die Bäume ganz still da, während unter ihnen liegt und stirbt, was sie aus den Kronen sich reißen mußten, als sie dem Wind trotzten und dem Regen. Ganz still stehen die Bäume da am Abend spät.

[27. 5. 2000] (Außerdem sehen Landschaften aus einiger Entfernung und von oben und noch dazu vom Zug aus im Vorüberfahren immer gut aus.)

[6. 6. 2000] Ich hebe den Kopf, und plötzlich steht die Mondsichel am dunkelblauen klaren Himmel über der schwarzen Baumkrone vor meinem Fenster. Weißsilbern strahlend. Ein kleiner Mond ist die Spiegelung in den doppelten Scheiben meiner Fenster. Wenn die Gemälde Caspar David Friedrichs nicht in erster Linie von Platten-Covern und aus Verlagsprospekten geläufig wären, käme man vermutlich nicht auf den Gedanken, daß dieser silberhelle Mond am dunkelblauen Himmel über schwarzer Platanenkrone in irgendeiner Weise kitschig sein könnte. Aber so? Fast schämt man sich der traulichen Rührung im Anblick des Mondes.

[6. 6. 2000] Meine junge Nachbarin kam vor dreieinhalb Jahren, kurz bevor sie neunzehn wurde, aus dem Libanon nach Berlin, um ihren Cousin zu heiraten. Er, zwei Jahre älter als sie, lebt schon so lange in Deutschland, daß er eingebürgert ist und Wehrdienst leisten mußte. Als meine Nachbarin nach Berlin kam, sprach sie kein Wort Deutsch. Ihr Mann spricht arabisch mit ihr, die ersten deutschen Brocken habe ich ihr beigebracht, aber wir sind nicht sehr weit gekommen. Später fand sie eine Schule, die so gut wie nichts kostete. Jetzt ruft sie mir immer fröhlich entgegen: »Hallo, wie geht's?« Heute habe ich gesehen, wie sie eine Nachricht für ihren Mann auf einen Zettel schrieb. Sie schrieb deutsch, weil ihr Mann die arabische Schrift

nicht beherrscht. So können sie sich eigentlich nur durch Sprechen verständigen. Oft artet das in Gebrüll aus.

[1. 8. 2000] Als ich »Gladiator« zum dritten Mal gesehen hatte, befiel mich, als ich aus dem Kino kam, ein Größenwahn, der mich sehr beunruhigte, obwohl er nur etwa zehn Minuten vorhielt, denn plötzlich fand ich nicht nur, daß ich aussehe wie ein römischer Kaiser, sondern glaubte mich zu allem fähig, zu dem nur ein römischer Kaiser fähig war. Vielleicht bildete ich mir auch nur ein, daß ich Joaquin Phoenix ähnlich sehe, der im Film Commodus spielt, dessen Filmgestalt an den historischen Nero angelehnt ist. Nachdem ich »Gladiator« dann zum vierten Mal gesehen hatte, war ich wieder sehr beunruhigt, diesmal, weil ich fürchtete, in Russell Crowe verliebt zu sein, der Maximus spielt, den Widersacher und Überwinder des Film-Commodus. Zwar wurde mir schnell klar, daß ich, wenn überhaupt, dann in seine Rolle verliebt war (die natürlich darauf angelegt ist, westliche Mittelstandsfrauen zu erotisieren), aber trotzdem: Noch beunruhigender, als sich mit Nero zu identifizieren, ist es, in einen Filmschauspieler verliebt zu sein, selbst wenn man nur seine Rolle meint, denn daraus könnten Taten folgen, und zwar schrecklich peinliche.

Warum ich mir überhaupt viermal »Gladiator« anschauen mußte, fragte ich mich außerdem – bis mir einfiel, daß ich ja auch schon ungefähr viermal die »Götterdämmerung« gesehen hatte. Zweieinhalb Stunden Kino gegen sechs Stunden in der Oper. Läppisch.

[17. 9. 2000] An manchen Tagen laufen meine Beine ganz von alleine. Manchmal höre ich an solchen Tagen auch noch ganz genau das Geräusch, das ich beim Gehen mache, und freue mich über meine Schuhe. Wenn ich an einem solchen Tag auch noch gerade aus dem Kino komme, sehe ich außerdem in Nahaufnahme das Kopfsteinpflaster unter meinen Schuhen an meinen Füßen an den von alleine laufenden Beinen, und dann ist alles gut, und der Heimweg bedeutet Glück.

[20. 8. 2000] Damit alle wissen, wie toll das Leben in der Kleinfamilie ist, sprechen Ehegatten sich gegenseitig gerne mit »Schatz« an, wenigstens in der Öffentlichkeit. Wenigstens in den Ferien, und die Kinder werden von beiden Elternteilen mit »mein Schatz« angesprochen, um sie von den Erwachsenen zu unterscheiden. »Schatz« ist der Ehepartner, »mein Schatz« ist jedes einzelne Kind. Den Kindern werden auch nie Befehle erteilt, sondern es wird immer gebeten. »Mein Schatz, bitte« ist der Beginn aller an die Kinder gerichteten Sätze, die das allerdings überhaupt nicht schert.

[4. 8. 2000] Nachdem ich von zu Hause abgehauen war und nicht zurückkommen wollte, sagte meine Mutter, ich solle bedenken, daß man sich immer selbst mitnehme. Diese Bemerkung fand ich unpassend, denn ich war ja nicht vor mir abgehauen, sondern suchte verzweifelt zu mir zu kommen. Heute fahre ich nicht gerne weg, weil ich nicht gerne zurückkomme. Weil ich nicht nur mich selbst mitnehme, sondern am

Ende auch noch in mein gewohntes Leben wieder zurückkehren muß, das noch lange nicht zu Ende ist.

[17. 9. 2000] Männer sind manchmal sehr nett zueinander. Während meiner Rauchentwöhnungswoche auf Amrum ging ich jeden Tag von meinem Strandkorb einen knappen Kilometer über den Kniepsand in die Strandhalle zum Essen. Die Strandhalle ist ein Selbstbedienungsrestaurant, in dem unvermutet freundliche Leute unerwartet gutes Essen zu dennoch relativ hohen Preisen verkaufen, das ist so auf Ferieninseln. Der Wirt hatte blaue Augen wie Messerstiche und schien ein Einheimischer zu sein. Der Koch hatte schlammgrüne Augen und war umhangen von Verbitterung, erstaunte aber, wenn man mit ihm sprach, durch Intelligenz und große Freundlichkeit. Jeden Tag also bin ich in die Strandhalle gegangen, obwohl ich nach einigen Tagen nicht nur die mitgebrachte völlig aufgeriebene rechte Ferse zu pflegen hatte, sondern auch noch eine Blase unter (!) dem linken Fuß (auf der Sohle!).

Am vorletzten Tag war ich spät dran und ziemlich der einzige Gast in der Strandhalle. Der Wirt und der Koch fingen schon an, das Lokal für die Nacht vorzubereiten. Während sie das Salatbüffet abräumten, sagte plötzlich der Wirt zum Koch: »Mensch, Klaus, daß du noch nicht verheiratet bist, das versteh' ich gar nicht.« – »Na ja«, sagte der Koch, »ich muß ja immer arbeiten.« – »Na, aber«, sagte der Wirt, »manchmal hast du ja schon frei.« – »Vielleicht gehe ich mal zu so einer Single-Agentur«, sagte darauf der Koch, »und gebe so eine Anzeige auf.« – »Ach was«, sagte der Wirt, »das kann ich doch für dich machen. Da schreib' ich dann: gutaussehender Mann, fünfzig Jahre alt ...« – »Falscher Fuffziger«, ergänzte der Koch. »Ja«, fuhr der Wirt fort, »sehr fleißig ...« – »Nicht unvermögend, kannste auch schreiben«, sagte der Koch, und ich bin dann schnell gegangen (so schnell ich mit meinen Füßen eben konnte), weil ich die zwei so rührend fand und gleichzeitig so lachen mußte.

Der nächste Tag war dann der letzte. Ich wieder in die Strandhalle, wieder relativ spät, und bezahlt habe ich erst, als ich schon alles aufgegessen und ausgetrunken hatte. »Und«, fragte der Wirt, nachdem ich gezahlt hatte, »gehen Sie heute abend auch in die Disco?« – »Nein«, sagte ich im Reflex, seit Tagen schon von meinen unbrauchbaren Füßen gequält, und der Wirt wandte sich zum Koch, der an einem Tisch saß, und sagte: »Tja, Klaus, mehr als fragen kann ich nun nicht.« Der Koch lachte. Ich fühlte mich sehr geehrt. Dann haben wir uns alle sehr höflich voneinander verabschiedet.

Paris, 23.–29. 9. 2000

Oft ist in Paris ein Wille zur strengen Niedlichkeit zu bemerken. Im sechsten Arrondissement entlang der Rue de Rennes etwa befinden sich auf einer Strecke von etwa hundertfünfzig Metern Geschäfte mit diesen drei Namen: »Une Femme à Paris«; »Un Dimanche à La Mer«; »il était une fois«. Letzteres fügt großgeschrieben hinzu: »La Compagnie du Jouet de Bois«. Dagegen steht im sechzehnten Arrondissement, dem zentralen Quartier der Pariser Großbourgeoisie, nahe der Place du Trocadéro et du 11 novembre in einem Schaufenster ein Ehebett, das die Ehe wie eine höchst obszöne Angelegenheit erscheinen läßt, denn dieses Bett ist übergroß und protzig und selbstherrlich. Vielleicht sähe es in einem Schlafzimmer erträglich aus, aber so, wie es hier der Öffentlichkeit als Trophäe dargeboten wird, wirkt es in erster Linie schamlos. Jedenfalls würde ich mich schämen, wenn ich ein solches Bett hätte.

In den Lokalen in Paris hängen Schilder mit viel Kleingeschriebenem, wie es sie auch bei uns in den Lokalen gibt. Überschrieben sind sie mit: »Protection des Mineurs et Répression de l'ivresse publique«. Die Unterdrückung der öffentlichen Trunkenheit ist ein hehres Ziel. Fünf verschiedene Kategorien von Getränken werden auf diesem Schild aufgelistet, vom Fruchtsaft zum Wein und über hart destilliertes Gesöff hin zu »allen übrigen« Getränken.

Seine Mutter hält ihm vor, er sei »pisse-froid«, also jemand, der so kalt ist, daß der Urin schon beim Pinkeln kalt aus ihm herauskommt. Bei einer anderen Gelegenheit erzählt er, daß seine Mutter ihm nicht die Brust gegeben hat, als er klein war, weil sie keine Milch hatte. Sie ist also lait-froide – so kalt, daß ihr die Milch in der Brust gefror.

Der Mann hält mit seiner rechten Hand den Hals seiner Frau fest umfaßt, die Frau umklammert mit ihrer linken Hand den Gürtel ihres Mannes von hinten wie einen Kutschenzügel. Sie gehen, als würden sie Wasser treten. Das sieht nicht gut aus. Sie selbst sehen auch nicht gut aus. Sie sehen also sowieso nicht gut aus und nicht nur, weil eine Minipli-Dauerwelle seine für einen Mittfünfziger viel zu langen Haare kräuselt. Sie sprechen Englisch. Sie sind in Paris und gehen den Boulevard St. Germain hinunter, Richtung *Deux Magots* und *Café Flore* und *Brasserie Lipp* und so. Sie haben sich, einander und die Welt im Griff, sie haben alles im Griff, im Würgegriff wie im Zügelgriff. Der höchste Grad des Grauens.

[12. 10. 2000] Das innere Alter steht bei manchen Leuten in einem so deutlichen Mißverhältnis zum realen Alter, daß man es leicht von außen erkennen kann. Das erste Mal ist mir das bei einem dieser ewigen Studenten aufgefallen, der mit Ende dreißig gerade (»endlich«) an seiner Magisterarbeit saß. Bevor man nahe genug war, um ihm die Hand zu geben, war er ein gutaussehender Mann, den man für Mitte zwanzig gehalten hätte, aber dann erkannte man die Falten um Augen und Mund, sie sahen aus wie aufgeklebt. Von weitem sah man also sein inneres Alter, aus der Nähe korrigierte der Körper die gute Meinung, die man sich hatte bilden wollen. – Oder die Frau, die sich aus kleinsten Verhältnissen in massiven Reichtum hochgeheiratet hatte. Ein enorm hübsches junges Mädchen muß sie gewesen sein, und mit Mitte dreißig war sie eine enorm hübsche Frau, erst recht im Kontrast zu ihrem zwanzig Jahre älteren Mann, aber mit Anfang fünfzig, lange nach der Scheidung, hatte sie plötzlich ein leichtes

Doppelkinn und Tränensäcke unter den Augen und war dabei gepflegt und aufgemacht wie stets. Auch ihr war das Alter aufgeklebt, unter den Tränensäcken sah man deutlich das junge hübsche Mädchen. Man hätte gar nicht sagen können, was sie eigentlich war, ob jung oder alt. Man hätte aber auch schwer sagen können, ob sie hübsch war oder häßlich. Obwohl – eigentlich eher häßlich; die Möglichkeit zu einem gemäßigten Aussehen war ihr verwehrt.

[1. 11. 2000] »Think global, act local« ist wahrscheinlich das Ergebnis einer mit moralischer Erpressung operierenden Erziehung. Wer als Kind oft genug gehört und schließlich verinnerlicht hat, er solle seinen Teller aufessen, da in Afrika gehungert werde, wird als Erwachsener diese Moral leicht ins Englische übersetzen können, die sich, wenn man sie einmal auf diese Spielart terroristischer Erziehung bezieht, als so blöd erweist, wie man es immer schon ahnte. Denn ebensowenig, wie es die afrikanischen Kinder sattmachte, daß die Kinder in den Industrieländern fettgefüttert wurden, ebensowenig hilft es den inzwischen zu Erwachsenen gewordenen postkolonialen Afrikanern, wenn sich die empörte Jugend in den postindustrialisierten Ländern zu irgendwelchen Handlungen durchringt. Die Kreuzberger Patriotischen Demokraten/Realistisches Zentrum (KPD/RZ) allerdings haben diese Parole längst umgedreht. Sie haben sich »think local, act global« auf ihre Fahnen geschrieben und beweisen dadurch klar, daß sie sich zu Recht als realistisches Zentrum bezeichnen.

Aldi

»Wenn die Leute kein Brot haben, dann sollen sie doch Kuchen essen.«

Marie-Antoinette

»Freedom of choice is what you got / freedom from choice is what you want.«

Devo

Es gibt zwei Arten von Menschen: solche, die zu Aldi gehen, und solche, die nicht zu Aldi gehen. Die nämlich hingehen, tun es regelmäßig, und sie tun es größtenteils nicht, weil sie müßten, sondern weil sie wollen. Umgekehrt gilt: Wer dort nicht einkauft, will es nicht. Er geht zumeist grundsätzlich nicht hin, also wirklich nie. Die Trennungslinie verläuft nicht entlang von Einkommensgrenzen, denn Aldi ist keine Frage des Geldbeutels, sondern eine des Glaubens. An Aldi scheiden sich die Materialisten von den Bourgeois.

Der Orchestermusiker erklärt: »Wenn ich bei Aldi für 200 Mark einkaufe, habe ich soo'n Berg (zeigt mit beiden Armen einen ca. 1,50 m hohen Hügel), und dann gehe ich für 60 Mark in den Feinkostladen, und da habe ich dann nur so viel (zeigt ein Häufchen, das ihm gerade unter die hochbezahlten kleinen Hände paßt).«

Die Türkeireisende: »Auf türkisch heißt ›aldi‹ ›man hat gekauft‹.«

Die Hausfrau und Mutter: »Ich bin nicht mehr hingegangen, als das mit den Polen losging. Da war immer so ein Gedränge, die standen da ja wirklich dreimal um den Block herum. Aber wenn wir umgezogen sind, gehe ich vielleicht doch wieder hin, dann habe ich ja eine Vorratskammer, und dann lohnt sich das.«

Die Redakteurin: »Mein polnischer Freund hätte fast mit mir gebrochen, als er hörte, daß ich noch nie bei Aldi war, obwohl ich einen um die Ecke habe, und der fragt mich bis heute, ob ich denn jetzt endlich hingehe.«

Die Japanologin und Medizinstudentin: »Bei Aldi will man nicht die Maske der Ware, sondern die Ware, und nicht die Maske. Die Qualität ist genauso gut wie woanders, es ist ja überall dasselbe drin. Das weiß ich, seit ich Biochemie lerne: In einer Salami müssen bestimmte Konservierungsstoffe sein, und die sind immer drin, ob die Salami nun eins fuffzig bei Aldi kostet oder drei fuffzig woanders. Es gibt nur die Alternative, direkt beim Bauern zu kaufen. Aldi ist billig und kein Fake. Es ist ein gutes Gefühl, wenn man weiß: man wird nicht beschissen.«

Die Soziologin: »Na ja, ›Maske der Ware‹ – Aldi macht auch Profit. Jede Ware hat eine Maske, Aldi gaukelt aber halt nicht vor, die Ware sei nicht kapitalistisch produziert worden, wie das zum Beispiel die Naturkostläden tun.«

Der Kulturkritiker: »Aldi hat dieselben Ingredienzen wie die Bundesrepublik: pampiges Ehrlichtun, trotzig behauptetes Fehlen von Ideologie, bodenlose Uncharmantheit. Die Bundesrepublik ummantelt damit das schwarze Loch, aus dem sie einst entsprang. Und wehe, man zupft daran! Dann knurren gleich Deutsche Doggen und fletschen die Zähne. Aldi ist genauso eine Geheimgesellschaft aus deutscher Ehrlichkeit, denn es ist unglaubwürdig, so billig zu sein, es ist geradezu obszön.«

Die Notarsgattin am Sonntagmorgen in der Grunewaldvilla zu ihrem Mann: »Wie findest du die Eier? Sind gut, nicht? Von Aldi. Bei Aldi sind die Eier am besten, weil dort der Warenumschlag am schnellsten ist. Die Eier können dort gar nicht alt werden, deswegen sind sie immer frisch.«

Die Halbtagsverkäuferin: »Manches schmeckt anders. Alles kannste nicht nehmen, bloß weil's billig ist. Du mußt schon Unterschiede machen. Von dem Kaffee krieg' ich pauschal Sodbrennen, da kann ich schon vorher meine Magentabletten nehmen.«

Der Hobbygourmet: »Ein Chardonnay für 4,99 Mark ist nun einmal nicht das, was man mit französischem Weißwein assoziiert, das kann ein Wein für 4,99 Mark nie sein. Ein Chardonnay für 4,99 Mark von Aldi ist ein Weißwein, von dem man trotzdem kein Kopfweh kriegt. Mehr nicht. Aldi-Qualität bedeutet nicht, daß man gute Ware für wenig Geld bekommt, sondern daß die Ware so billig wie möglich ist, ohne verdorben zu sein. Und das bedeutet weiter nichts, als daß das Preis-Leistungs-Verhältnis korrekt ist. Das ist es in zig anderen Supermärkten aber auch, so what.«

Die Medizinstudentin: »Die Leute, die zu Aldi gehen, haben Selbstbewußtsein, die müssen sich nicht über das Etikett auf ihrer Weinflasche definieren. Das sind bewußte Käufer, die auf Preis und Qualität achten. Ich habe bei Aldi noch nie so richtig fertige Leute gesehen. Aldi ist Gleichheit. Seit der Französischen Revolution hat es nichts Besseres mehr gegeben.«

Der iranische Exilant: »Ich würde mich schämen, mit einer Aldi-Tüte herumzulaufen. Ich will nicht, daß die Leute denken, daß ich billig esse. Am Anfang habe ich viel dort eingekauft, mußte ich ja. Dann sind meine Eltern zu Besuch gekommen, und als sie den Joghurt probiert hatten, haben sie mich gebeten, es sein zu lassen. Sie hatten Angst, es könnte schädlich für mich sein. Heute ist es so: Was ich da einkaufe, schmeckt mir nicht, das kann ich gleich wegschmeißen. Der Multivitaminsaft ist die reine Scheiße. In den Säften sind wahnsinnig viele Farbstoffe drin, das siehst du daran, wie sich die Pappe verfärbt, und wenn du mal was danebenschüttest – alles verfärbt.«

Der Orchestermusiker: »Der Saft, den ich bei Aldi kaufe, ist reiner Saft. Das ist kein Fruchtnektar oder sowas, sondern richtiger Saft. Den kriege ich woanders auch nicht anders, bloß bezahle ich da das Doppelte.«

Der Krankenpfleger: »Was ich bei Aldi unheimlich gut finde, ist die Ruhe dort. Es ist total entspannt da, irgendwie richtig meditativ. Weil, die haben da nämlich keine Radiomusik laufen. Und die Leute sind auch völlig unaggressiv.«

Die Psychologin: »Wenn man sich die Schlangen an der Kasse anschaut, dann sieht man nur zufriedene Menschen, einverstandene Menschen, also Menschen, die sich arrangiert haben und damit einverstanden sind. Die sind mit Aldi einverstanden, mit den Verhältnissen, mit dem Leben. Die haben keine Probleme. Ich glaube, da würde ich keine Klienten finden, die brauchen mich nicht.«

Die Jungunternehmerin: »Ich war bloß aus Neugier einmal bei Aldi. Sonst gehe ich aus Prinzip nicht hin, weil die die Produzenten so knechten. Wenn die bloß mal einen halben Pfennig teurer werden, kriegen sie gleich den Vertrag gekündigt. Das ist doch das Letzte! Ich hasse Händler überhaupt, und die sind die schlimmsten. Die Kassiererinnen sind aber klasse, die sind echt die besten.«

Der Geschäftsmann: »Ich kaufe genau einmal im Jahr bei Aldi ein, nämlich bevor ich in Urlaub fahre. Da kaufe ich dort palettenweise Bier, weil das in Dänemark so teuer ist. Die anderen Surfer haben auch alle das Aldi-Bier, das ist ganz lustig. Aber fürs regelmäßige Einkaufen ist mir die Atmosphäre einfach zu trist. Die Qualität ist schon okay, da kann man sagen, was man will. Und sonst? Eigentlich ist Aldi für mich etwas völlig Neutrales, das hat für mich überhaupt keinen Ausdruck.«

Der Funk- und Fernsehautor: »Ich habe eine andere Einkaufskultur. Ich habe keine Vorratswirtschaft und esse nur im Notfall Dosen. Die haben einfach nichts, was ich brauche. Außerdem mag ich das Schlangestehen nicht. Ich glaube, es ist eine große Solidargemeinschaft, die bei Aldi einkauft. Ach, ich mag vor allem nicht, daß das ein Laden für Geizhälse ist, da kaufen ja alle ein, vom Straßenkehrer bis zum Professor, pervers.«

Die Soziologin: »Die Kultur der Notwendigkeit

wird hochstilisiert zu einem Teil von Erlebniskultur. Der Erlebnisgewinn bei Aldi ist der, daß man Geld gespart hat, woanders besteht er darin, daß man umworben wird. Man kann es sich leisten, zu Aldi zu gehen, weil niemand denkt, daß man es nötig hätte. Die Sachen sind aber nicht billiger, man bezahlt ja nur, was sie wert sind.«

Der Hobbygourmet: »Mir geht es ausschließlich um die Qualität, und da ist es mir egal, was die Butter kostet. Wenn sie sechs oder acht Mark kostet, ist es mir auch egal, solange sie gut ist, und wenn ich sie mir nicht mehr leisten könnte, würde ich lieber gar keine Butter mehr kaufen. Lieber esse ich keinen Kuchen, als einen, der mit schlechter Butter gemacht ist.«

Ein anderer hochbezahlter Orchestermusiker: »Ich war noch nie bei Aldi. Ich finde diese billige Aufmachung abstoßend. Ich glaube, die haben auch wenig Auswahl, und ökologisch verträglich ist das alles bestimmt nicht, was die da verkaufen. Außerdem – ich gehe sowieso ständig essen und so. Und wenn ich abends für 70 Mark saufe, dann muß ich doch nicht am nächsten Tag darauf achten, ob der Joghurt irgendwo um 20 Pfennig billiger ist. Das wäre doch unlogisch.«

Die Werbetexterin: »Ich war einmal im Leben bei Aldi, das hat mir gereicht. Ich find's zum Kotzen. Ich mag es nicht, wenn mir das Zeug einfach so hingeknallt wird, so ›Vogel friß oder stirb‹, wenn ich das Zeug aus dem Karton grabbeln muß wie der Penner aus der Mülltonne, mit dem Unterschied, daß ich auch noch dafür bezahle. Ein bißchen Mühe sollte man sich schon geben, wenn man mein Geld will. Ich hasse Einkaufen sowieso, und ich will nicht so tun, als fände ich es in Ordnung, für ordinäre Lebensmittel Geld auszugeben, indem ich mir auch noch Gedanken darüber mache, wo's vielleicht billiger ist. Ich finde, nur für schöne und überflüssige Dinge sollte man Geld ausgeben müssen, also für Champagner, Parfüm, Stöckelschuhe und so weiter. Solche Sachen sind aber jenseits von Aldi.«

Der Kulturkritiker: »Das Häßliche und Unpräsentierte halten wir häßlichen Deutschen für das Unprätentiöse. Daraus schlagen die Brüder Albrecht Kapital. Aldi ist einfach die HO-Kaufhalle mit kapitalistischen Mitteln. Die Extreme berühren sich, denn der blanke Kapitalismus sieht haargenauso aus wie der real existierende Sozialismus – und schmeckt auch so. Die DDR-Nostalgiker sollen sich mal nicht beklagen. Die BRD, von der sie sich haben überrollen lassen, bietet ihnen doch wirklich alles, in ihrem Herzen sogar die DDR.«

Das Kind der Arbeiterklasse: »Die Läden sollten gesprengt werden, die solchen Dreck verkaufen, das ist doch Volksverarschung! – Andererseits hat Aldi in gewisser Weise auch eine antikapitalistische Tendenz, weil die beweisen, wie billig man produzieren kann. Wenn ich da rausgehe, dann fällt mir doch erst auf, was die anderen alle für Halsabschneider sind.«

Die Helvetophile: »In der Schweiz gibt es die Migros. Die ist auch am allerbilligsten, aber die ist eben in der Schweiz, dem Mutterland des Qualitätsprodukts, und bietet deshalb zuverlässig wirkliche Qualität – zum niedrigstmöglichen Preis. Die Migros präsentiert ihre Waren wie ein gewöhnlicher Supermarkt, das heißt, ausgepackt und ordentlich ins Regal gestellt. Die Migros verkauft nur ihre eigenen Produkte, und die sind gut. Die schlechtesten Sachen bei der Migros sind so gut wie hier die besten. Der Körnerfresser kann dort genauso einkaufen wie das Schweizer Äquivalent zum Aldi-Gourmet. Das liegt wahrscheinlich daran, daß man in der Schweiz einfach nicht in der Lage ist, Schlechtes zu produzieren.«

Der Hobbygourmet: »Mir fällt bei dem Thema dieser Aufsatz von Carl Sternheim ein, ›Hände weg von der Margarine!‹. Da geht es darum, daß die Leute Butter essen sollen statt Margarine, um sich die Genuß- und Unterscheidungsfähigkeit zu erhalten, denn andernfalls könnten sie ja gar nicht die Utopie einer besseren Welt entwickeln.«

Der Vegetarier: »Wer bei Aldi einkauft, hat keine Selbstachtung.«

Der Linguist: »Die Sachen bei Aldi haben nur noch Zeichencharakter. Sie verweisen nur darauf, was, beispielsweise, Kirschsaft einmal war, denn was da aus der Flasche kommt, ist ja alles mögliche, bloß kein Kirschsaft. Es ist gar nicht möglich, über das Bezeichnete zu sprechen, man spricht nur über das Zeichen. Man kann über die Ware selbst nicht sprechen, sondern nur über das Zeichen an der Ware, also über das Etikett. Das Sprechen über die Zeichen erzeugt aber nur weitere Zeichen, deswegen halte ich die ganze Diskussion für sinnlos.«

[26. 3. 1997] Weiße Sonne, kleines rundes Loch im grauen Himmel, weiße Sonne mit dunklem Wolkenhütchen (das schnell weiterzieht), weiße Sonne mit giftigem Hof um dich herum, weiße Sonne, wie springe ich durch das Loch im grauen Himmel?

[12. 11. 2000] Es ist jetzt alles umgekehrt in den weiblichen und männlichen Rollenmustern. Wenn eine Kleinfamilie spazierengeht, schiebt in neun von zehn Fällen der Mann den Kinderwagen. Daheim macht er den Abwasch und wehrt Hilfsangebote mit »Ach, laß nur, das ist doch gleich erledigt« ab. Sogar Männer, die sonst ihren Dobermann an der kurzen Leine spazierenführen und dabei eine Zigarette nach der anderen rauchen, schnallen sich ihre wenige Monate alte Tochter vor den Bauch und lassen die Mutter unbeschwert nebenher gehen. Wenn man Männer zum Kuchenessen einlädt, sagen sie: »Für mich bitte nur ein kleines Stück, sonst werde ich zu dick«, auch wenn sie bei derselben Gelegenheit mit einer gewissen Erleichterung erzählen, daß ihre Freundin ihnen versichert habe, sie auch dann bestimmt noch lieben zu wollen, wenn sie eine weinfaßgroße Wampe vor sich hertrügen. Dann erzählt ein Mann von einem unglücklichen Paar und ergreift die Partei der Frau, denn die sei von ihrem Mann schlecht behandelt worden, während ich den Mann verteidige, indem ich sage, daß zu einem Paar immer zwei gehören.

Vor zwei Tagen nun habe ich im Fernsehen etwas

schier Unfaßliches gesehen: am Ende einer Folge einer Vorabendkrimiserie saß ein Mann auf dem Rücksitz eines Polizeiautos, schaute durch die geschlossene Scheibe des anfahrenden Wagens zu seinem etwa vierjährigen Sohn hinaus und winkte ihm mit einer starr aufgefächerten Hand und großer Verzweiflung im Gesicht hinterher. Zuvor hatte er noch erklärt, daß es ihm nicht leid tue, die Mutter des Kindes umgebracht zu haben, denn die habe ihn nicht in Frieden mit dem Kind zusammenleben lassen, sondern ihn mit ständiger Kindeswohlüberwachung terrorisiert. Jetzt lieben die Väter ihre Kinder so unerbittlich, wie es früher die Mütter taten. Womöglich nicht nur im Fernsehen. Das Bild von der jüdischen Mamme wird demnächst von dem des deutschen Papas abgelöst werden. Es ist ziemlich irre.

[3. 12. 2000] Geschwister sind das, was man selber auch hätte werden können. Man hätte so aussehen können, man hätte so einen Charakter entwickeln können, man hätte so einen Beruf und so eine Wohnung haben können. Man hätte deren Geschlecht haben können. Man könnte sich so erinnern wie die. Und je nachdem, wie glücklich oder unglücklich man mit seinem eigenen Leben ist, so wird man glücklich oder unglücklich mit seinen Geschwistern sein.

[3. 12. 2000] Ob es wohl einen Zusammenhang gibt zwischen einem von schlechten Zähnen übervollen männlichen Mund und einem erbitterten Studium der Philosophie und aller sonstigen Theorien, zwischen

Übergebildetheit und Zahnfäule sozusagen? Wollen Männer, die genügend ästhetisches Gefühl samt Bewußtsein über sich selbst besitzen, daß es ihnen peinlich sein muß, den Mund zu öffnen, den häßlichen Anblick des Inhalts ihres Mundes vielleicht durch die Schönheit der diesem entströmenden Rede, die man sich nicht anders als von fauligem Atem getragen vorstellen kann, kompensieren? Eigentlich bleibt ihnen ja gar nichts anderes übrig, denn wer wollte so einen Mund schon küssen, wer seine Zunge in diesen Zahnverhau stecken?

Diese Frage stellt sich beim Anblick eines gleichermaßen grotesk häßlich bezahnten Freundespaares, das neben dem körperlichen Makel die Liebe zur Philosophie auf eine derart lächerliche, weil in fortgeschrittenem Alter noch in Studentenunerbittlichkeit verharrender Weise pflegt, daß sich sofort die Frage anschließt, ob die Philosophen nicht überhaupt das europäische Äquivalent zum ewigen kleinen Jungen seien, der in den Vereinigten Staaten von Amerika daheim ist.

Andererseits: Vielleicht würde man ihre Zähne gar nicht als störend bemerken, wenn sie damit nicht unablässig auf so komplizierten Wörtern und Sätzen herumkauten.

[3. 12. 2000] Small talk in Publizistenkreisen: »Die Alpen sind ja eher faschistisch.« – »Es ist nicht bayerischer Boden, was mich bindet, sondern bayerisches Blut.« – »Ist der Dingens eigentlich wieder mit seiner Frau zusammen?« – »Hm, das weiß ich gar nicht, das werde ich mal recherchieren.«

[11. 12. 2001] Im Literaturbetriebskino. Drei Männer und eine Frau Anfang zwanzig kommen in den spärlich gefüllten Kinosaal und setzen sich nebeneinander vor die bereits anwesenden, durchschnittlich um vierzig Jahre alten Kinobesucher in die dritte Reihe. Ganz rechts sitzt die Frau, der Mann neben ihr beginnt sofort, leise an sie hinzutuscheln. Sie kichert gelegentlich. Die beiden anderen Männer unterhalten sich miteinander: »Also, ›Gravity's Rainbow‹ müßte man gelesen haben, aber das ist so ein Großwerk.« – »Ein opus magnum.« – »Ich habe das mal angefangen, aber ich bin nicht durchgekommen.« – »Kann ich mir vorstellen, ist wirklich ein Hammerbuch.« – »Ja, ich habe das aber auf englisch angefangen.« – »Ach so. Ich habe ›Ulysses‹ auch nicht geschafft.« – »Diese Großliteratur. Die braucht halt Zeit.« – »Genau. ›Der Mann ohne Eigenschaften‹.« – »›Auf der Suche nach der verlorenen Zeit‹.« – »Du mußt dich echt drauf konzentrieren, da darfst du gar nichts anderes mehr nebenher machen. ›V‹ habe ich auch nicht gelesen, aber ›Die Versteigerung von Nr. 49‹.« – »›The Crying of Lot 49‹.« – »Genau. Hast du ›Mason & Dixon‹ gelesen?« – »Das ist als letztes rausgekommen, oder?« – »Da bin ich auch steckengeblieben.« – »Hm.« – »Das hatte ich aber auch auf englisch angefangen.« – »Ach so.« Vorne läuft jetzt Werbung. Dann beginnt der Film »[thomas pynchon:] A Journey into the Mind of P.«. Ein junger pausbäckiger Mann mit blauen Augen erscheint in Großaufnahme auf der Leinwand. Sein Beruf wird in einem Insert mit »Webmaster« angegeben. Er betont den Namen »Pynchon« immer auf der letzten Silbe:

»Pinschaahn«. Im Oktober 1962, erzählt er, sei nicht nur »Pinschaahn« mit dem Bus nach Mexico-City gefahren, sondern auch Lee Harvey Oswald. »Waren sie im selben Bus?« fragt er, »haben sie sich kennengelernt? Haben sie miteinander gesprochen? Haben sie sich ihr Leben erzählt? Haben sie über Politik gesprochen?« Natürlich seien das vollkommen unerhebliche und geradezu lächerliche Fragen, gibt er zu, aber für einen Burschen wie ihn sei das halt die einzige Möglichkeit, ein bißchen Spaß zu haben. Die hinteren Reihen brechen in Gelächter aus.

[21. 10. 2000] Vom Tisch hinter mir höre ich es in regelmäßigen Abständen schmatzen. Die Abstände sind kurz, das Schmatzen ist lang. Als würde jemand Pfirsiche essen, aber es ist ja schon bald November, es ißt niemand Pfirsiche um diese Jahreszeit. Außerdem sitze ich im Café. Was hier in Wirklichkeit stattfindet, ist die Liebe. Ein junger Mann küßt seine Freundin ab. Zwischendurch redet er in einer Fremdsprache, die ich nicht identifizieren kann, Finnisch oder Englisch, ein Finne, der Englisch spricht, nein, eher ein Engländer, der Finnisch spricht. Die Freundin redet gar nicht.

Am Nebentisch sitzen vier junge Frauen und unterhalten sich über Nagellack sowie das Nägelschneiden allgemein.

Schräg gegenüber sitzen zwei Paare an einem Tisch, ein gemischtgeschlechtliches und ein gleichgeschlechtliches. Es sind keine Liebespaare, und die Paare gehören auch nicht zusammen, sie teilen nur den Tisch. Aber sie gehören alle der gleichen Kulturströmung an.

Sie halten alle Filterzigaretten in der Hand, und es ist wie in der Werbung: Junge, gutgenährte, gutaussehende Menschen mit lässig verstrubbeltem Haar und häßlich gemusterten Plastikpullovern in scheußlichen Farben halten Filterzigaretten in der Hand, als wäre das Leben anders gar nicht denkbar als in häßlicher Kleidung und mit einer Filterzigarette in der Hand.

[21. 10./4. 12. 2000] Am allerschrecklichsten, am 51. Tag des Rauchenaufhörens, als ich durch die Stadt irrte und vor Zigarettengeschäften herumlungerte, bis ich stark genug war, nicht hineinzugehen, und mich auf den Weg zum nächsten Zigarettengeschäft machen konnte – an diesem grauenvollen Tag kam ich auch in die Gemäldegalerie, das heißt, nur in die Vorhalle und dort in den Museumsshop. Dort hielt ich mich bestimmt eine halbe Stunde lang auf, denn solange ich an einem Ort, an dem nicht geraucht werden darf, Postkarten anschaute, rauchte ich auch selbst nicht und war darüber hinaus fern von allen Zigarettengeschäften. Am Ende schaute ich mir alle Taschenkalender an, die sie dort verkauften, und fand in einem gleich beim ersten Aufschlagen folgendes Zitat, das Kafka zugeschrieben wurde, für dessen Richtigkeit ich aber angesichts der Quelle nicht garantieren kann: »Ich schreibe anders, als ich spreche, ich spreche anders, als ich denke, ich denke anders, als ich denken sollte, und so weiter bis in das tiefste Dunkel.« Das entsprach vollkommen meinem Zustand und war genau das, wonach ich an diesem Tag gesucht hatte. Die Wahrheit. Ich schrieb sie mir ab und war zutiefst beruhigt. Danach

konnte ich endlich heimgehen und hatte nicht geraucht und einen weiteren großen Schritt durch die Entzugshölle gemacht.

[11. 5. 2002] Nach bald zwei Jahren Nichtrauchen ist es plötzlich wahr geworden, daß man sich nicht etwas vorenthält, sondern daß man sich von etwas befreit hat. Nichtrauchen ist ein großes schönes Land, und man steht in dessen Mitte, wo die Sonne lieblich scheint. Wenn man zufällig Zigarettenrauch in die Nase bekommt, zuckt man instinktiv zurück, so wie man es früher bei seinen Katzen und Hunden gesehen hat, wenn die einem beim Rauchen zu nahe kamen.

[17./19. 12. 2000] Philharmonie, Sonntagsmatinee, Klavierkonzert G-Dur von Maurice Ravel, Solistin: Hélène Grimaud. Im langsamen Satz wurde ich friedlich, als ich die vielen Leute um mich herum betrachtete, vor mir, hinter mir und mir gegenüber. Sie waren alle so klein. Und von solchen ist die Erde voll, dachte ich, von uns, und wie winzig ein einzelner Mensch im Verhältnis zur Erdkugel ist. Ein so kleines Wesen, und fünf Milliarden davon wuseln außen auf dem Planeten herum. In diesem Gedanken lag unendliches Wohlbehagen, und er war ein großer Trost.

Als nächstes erschien mir der Tod plötzlich als ein so großes Ereignis, daß ich wünschte, man könnte mehrmals sterben. Vorbereiten kann man sich noch und noch, aber was genau passiert, wie groß dieses Große wirklich ist, wird man doch nie wissen. Darum wäre es schön, wenn man mehr als einmal sterben könnte, wegen des Genusses, wegen dieses Großen, dieses über die Maßen, dieses unbeschreiblich Großen, das den ganzen Körper erfaßt, ohne daß er sich widersetzen oder entziehen könnte. Wegen des Genusses, sich endlich aufzugeben.

[21. 12. 2000] Präsenz zeigen: leere E-Mails schicken; den Anrufbeantworter des anderen über das Mobiltelefon anrufen und dann nichts sagen, sondern nur gehen, so daß die Geräusche der Schritte aufgenommen werden; ein paar Eßstäbchen schicken, zum Anticken.

[5. 1. 2001] Das Riesenbaby ist männlich. Wenn es weiblich wäre, hieße es nicht Riesenbaby, sondern Prinzessin, und wäre auf andere Art widerlich. Das Riesenbaby macht beim Essen nie den Mund zu. Selbstverständlich redet das Riesenbaby mit offenem vollen Mund. Dabei versucht es dieselben grauenvollen Gesprächsanfänge wie mit leerem Mund. Nur sind sie, wenn sie so in die Fresserei mit offenstehendem Mund eingebettet sind, noch ekelerregender. Wenn einer dasitzt und ein Buch liest, sagt das Riesenbaby: »Aha, du liest ein Buch.« Kommt einer zur Tür herein, sagt es sofort: »Na, du warst wohl draußen.« Und so weiter. Gegen das Riesenbaby kann man sich nicht wehren, und es gibt kein Entkommen. Das Riesenbaby muß man ertragen, weil ihm das Haus gehört, in dem man wohnt.

[14. 1. 2001] Zweimal fast dasselbe Muster: eine Familie mit zwei Söhnen, die im Alter nah beieinander und

deren Geburtsjahrgänge in beiden Familien ähnlich sind. Die Eltern sind eigentlich geschieden, aber dann auch wieder nicht, man weiß es nicht. Jedenfalls wissen sie gut über die Wege des einstigen Ehegatten Bescheid. Alle machen richtig tolle Sachen, der Papa, die Mama, der große Bruder, nur der kleine Bruder nicht. Der Papa ist outriert hysterisch, die Mama vom Schlage der passiv Aggressiven. Der große Bruder arbeitet zuverlässig und höchst erfolgreich an exponierter Stelle, der kleine aber kräpelt so herum. Aus dem wird ums Verrecken nichts, obwohl er im Prinzip natürlich nicht weniger begabt ist als die anderen. Aus dem kann aber gar nichts werden, weil er der Idiot der Familie ist. Und weil er intern gebraucht wird, kann er draußen nicht wirken. Er tut mal dieses, mal jenes, wohnt mal hier, mal da und immer wieder bei der Mama. Er profitiert zwar von den Verbindungen, die der Papa ihm herstellt, aber dafür rächt sich der Papa, indem er ihn konsequent blödredet. Bzw. muß er ihm die Verbindungen herstellen, weil er ihn ja von klein auf schon blödgeredet hat. So kommt der Kleine nie aus der Familie heraus. Es scheint gar, als habe er sich von Anfang an in sein Schicksal ergeben und es längst hingenommen, daß aus ihm nichts wird. Dabei hat er eine sehr wichtige Aufgabe: als Idiot der Familie ist er derjenige, der sie zusammenhält, und ohne ihn würden die anderen vielleicht gar keine so tollen Sachen machen. Denn daß sie nicht versagen, liegt daran, daß sie sich das Versagen versagen, d. h., sie haben die Möglichkeit zu versagen auf den Kleinen abgeladen. Für den Kleinen aber hatte die Familie von Anfang an die

Form, die sie jetzt, dreißig Jahre später, immer noch hat, außer daß der Papa irgendwann ausgezogen ist, kurz bevor der Kleine groß wurde (so daß er nicht groß werden konnte, weil der Widerstand fehlte). Aber sonst hat sich nichts verändert. Und ich dachte früher immer, die Kleinen wären viel besser dran als wir erste in der Geschwisterreihe.

[28. 4. 2001] Jede Nacht um zwölf Uhr läute ihr Wekker, klagt die berufstätige Dame zu fortgeschrittener Stunde. Sie drücke dann immer auf ihm herum, und irgendwann höre das Geläute auch auf, aber wie sie es endgültig abstellen könne, habe sie noch nicht herausgefunden. Ob er sie denn wenigstens auch am Morgen wecke, wird sie gefragt. »Oh nein!« fährt sie sofort auf, »am Morgen wecken mich die Vögel.«

[19. 1. 2001] Im Café *Einstein*, das sich gerade nachmittäglich zu überfüllen beginnt, sitzt an einem kleinen Tisch ein deutlich über vierzigjähriger Mann. An der Stirn ist das hellbraune Haar schon zurückgewichen, dafür fällt, was geblieben ist, bis auf die Schultern, aber nicht weiter. Der Mann macht ein ernstes Gesicht. Die langen Haare sind frisch gewaschen und gekämmt. Sie sehen aus wie eine Perücke. Der Mann trägt einen dunkelbraunen Anzug, darunter einen schwarzen Samtpullover mit Stehbund. Um den Hals hängt ihm eine sehr lange Kette aus Holzperlen. Mit ihm am Tisch sitzt ein Mädchen von etwa dreizehn Jahren. Das Gesicht ist blaß unter dem braunen Pagenkopf. Sie trägt einen olivgrünen Wollpullover. Mit der

linken Hand hält sie den rechten Ellenbogen fest. Dann kommen die Getränke. Das Mädchen trinkt Schokolade und kratzt Sahne von einem Tellerchen in die Tasse. Wenn der Mann seine Kaffeetasse hochhebt, sieht man den Ehering an seinem rechten Ringfinger. Warum die da sitzen, frage ich mich, was das wohl für Leute sein mögen. Sie wirken, als kämen sie von auswärts, sind aber wahrscheinlich Berliner, denn es ist mitten in der Woche am Nachmittag, es ist auch keine Ferienzeit, und wenn sie Besucher wären, dann säße doch der Rest der Familie mit dabei. Dem Mädchen ist sein Vater nicht peinlich, es wirkt weder bedrückt noch sonderlich aufgekratzt, eher genauso gleichmäßig ernst wie sein Vater, der dadurch allerdings, anders als seine knapp vorpubertäre Tochter, einen leicht dümmlichen Eindruck macht, der durch seine Aufmachung noch unterstrichen wird. Mir ist sie peinlich. Warum eigentlich? Weil mir das Mädchen leid tut. Dabei kennt sie es doch gar nicht anders.

[19. 1. 2001] In einem Hauseingang neben einer Bushaltestelle an der Oranienstraße steht ein Mann und pinkelt. Er pinkelt nicht in den Hauseingang hinein, sondern parallel zum Haus auf den Gehsteig. Es ist tiefer Winter und schwarzer Abend, der Urinstrahl dampft, meine Bemerkung »wie die Viecher!« wird überhört, mein Ekel konzentriert sich eine ganze Weile auf meinen linken Stiefel, von dem ich befürchte, daß er getroffen wurde, weil ich den pinkelnden Mann zu spät sah, um weiträumig ausweichen zu können. Den weiteren Heimweg begleiten Gewaltphantasien,

die aber alle am Ekel scheitern, der sich auch daraus speist, daß es mir absolut unbegreiflich ist, wie Männer ihr Genital mitten auf der Straße in die Welt halten können. Als gehörte es nicht zu ihnen. Als wäre es nicht ihr Genital. Als wäre es ein öffentlicher Körperteil. Warum schämen die sich nicht?

Ein Stück weiter auf dem Heimweg durch den frostkalten Abend, seit Tagen ist die Temperatur unter Null, liegt hinter dem Neuen Kreuzberger Zentrum, dort, wo dieses prächtige Beispiel von Siebziger-Jahre-Blödheit im Wohnungsbau die Dresdener Straße, die einst bis zum Kottbusser Tor führte, abschneidet und zur Sackgasse macht – dort liegt an der Hauswand ein Mann unter einer hellen Decke. Hinter seinem Kopf steht eine große dunkelblaue Tasche. Es ist erst neun Uhr am Abend, aber der Mann versucht schon zu schlafen, er hat die Augen geschlossen. Ich sehe ihn erst im letzten Moment. Beim Anblick der Tasche dachte ich an ein Foto einer amerikanischen Fotografin, ich weiß nicht mehr, welcher, die unter einem Müllhaufen eine Frau entdeckt hatte und zu ihrem Foto schrieb, sie habe eine Weile gebraucht, um die Frau zu entdecken. Daran dachte ich, erst dann sah ich das Gesicht zwischen der Tasche und der Decke. Auch dieser Mann verrichtet ein privates Geschäft in der Öffentlichkeit, aber ihn bedaure ich, weil es ihm so schlecht geht, daß er sich keine Scham mehr leisten kann, während ich den öffentlichen Pinkler zutiefst dafür verachte, daß er freiwillig darauf verzichtet.

[26./27. 1. 2001] Vor einem Monat habe ich im Paßbildautomaten vier Schwarzweißfotos von mir gemacht, auf denen ich so klasse aussehe, daß ich auf DIN A 4 hochgezogene Kopien davon bedenkenlos als Briefpapier benutzte, wenn ich an Freunde schrieb. Womöglich war das mehr Angeberei als Bedenkenlosigkeit, allerdings sollten meine Freunde sich freuen, so eine gutaussehende Freundin zu haben. Ach, es wird doch Hochmut gewesen sein, denn es folgte bald der Fall. Zwei Wochen später war ich bei meinen Eltern zu Besuch, und die Fotos, die meine Mutter bei dieser Gelegenheit mit ihrer zuverlässig rote Augen blitzenden Kleinbildkamera mit festinstalliertem Weitwinkelobjektiv anfertigte, waren so grauenvoll, daß mich zum ersten Mal in meinem Leben das Älterwerden wirklich deprimierte. Diese Fotos hielt ich für die Wahrheit, so glaubte ich in Wirklichkeit auszusehen. Nämlich zwanzig Jahre älter als auf den Bildern aus dem Automaten, außerdem mit komischen roten Flecken im Gesicht und schlechter Haut, vor allem aber schaute ich so gequält. Oder entnervt? Egal, ich sah genau so aus, wie ich mich bei diesem Besuch fühlte. Und was auf einem Foto zu sehen ist, hängt eben doch immer vom Fotografen ab. Das gilt auch für Amateure und erst recht für Verwandte. So schön wie auf den Bildern aus dem Paßbildautomaten aber scheine ich nur zu sein, wenn ich mit mir alleine bin.

[27. 1. 2001] Den einen hält vom Selbstmord ab, daß er vorher gründlich aufräumen wollte, damit sich die anderen nach seinem Tod nicht über ihn ärgern, wenn

sie gezwungen sind, seine Unordnung aufzulösen. Den anderen hält vom Selbstmord ab, daß er nicht weiß, wie er sich eine Waffe besorgen könnte; und in Amerika, wo das leichter wäre, möchte er sich nicht umbringen, sondern schon daheim. Wieder jemand anderen hält vom Selbstmord ab, daß er sich eine so brutale Methode dafür ausgedacht hat, daß er schon extrem verzweifelt sein müßte, um so viel Gewalt gegen sich selbst anzuwenden.

Alle eint, daß sie sich eigentlich nicht umbringen, sondern daß sie tot sein wollen. Das wollen sie auch nicht permanent, nur sehr oft; in manchen Zeiten dreimal am Tag, manchmal nur zweimal in der Woche, manchmal den ganzen lieben langen Tag lang. Was sie weiter eint, ist, daß der Gedanke an den Tod stets wie der vernünftigste erscheint (was er ja auch ist) und stets der erste ist. »Dann bringe ich mich eben um«, ist an entsprechenden Tagen immer die erste Reaktion, ob einen nun ein nahestehender Mensch gekränkt hat oder einem auf der Straße einer blöd gekommen ist.

Michel Houellebecq sage, so höre ich in einer Radiosendung, Pflichtgefühl sei gut gegen Selbstmord. Wenn eine andere Existenz von der eigenen abhänge, wenn man also ein Kind oder einen Hund habe, dann bringe man sich nicht um. Aus Pflichtgefühl. Sehr blöd gedacht: Ein solcher Gedanke ist viel zu abstrakt, als daß er einen vom Selbstmord abhalten könnte.

Michel Houellebecq! Was weiß der schon!

In der Berliner Volksbühne am Rosa-Luxemburg-Platz aber ereignete sich folgendes: Das Haus war proppenvoll, denn angekündigt war Michel Houellebecq als Musiker oder als Rezitator seiner Gedichte zu Musikbegleitung, das weiß ich nicht mehr genau. Außer ihm traten noch viele andere Leute auf und diskutierten über dieses und jenes, ich war nicht dort, ich habe nur das Programm gelesen. Den Rest hat mir einer erzählt, der dort war.

Keiner wollte hören, worüber die anderen diskutierten, alle warteten auf Michel Houellebecq, der in Deutschland meistens »Hullebeck« ausgesprochen wird. Hullebeck kam aber nicht, und das war keine Starallüre, sondern er steckte im Stau fest, wofür er sich bei der nächsten Veranstaltung in Berlin drei Tage später sehr entschuldigte. Sein Agent hatte ihn an einem Freitagnachmittag mit dem Auto von München nach Berlin geschickt und für diese Fahrt fünf Stunden eingeplant. Das war nicht zu schaffen. Houellebecq rief regelmäßig an und teilte seinen Standort mit. Nachts um zwei schließlich sah das Publikum ein, daß der Star wirklich nicht erscheinen würde. Auf der Bühne war genug diskutiert worden. Bevor die Leute jedoch nach Hause gingen, brachen sie in einen Sprechchor aus. Sie riefen: »Hu-Hu-Hullebeck! Hu-Hu-Hullebeck!«

Der mir das erzählte und ich, wir starrten uns erstaunt an, als er mir das erzählte, denn uns beiden, ihm wie mir, wurde in diesem Moment gleichzeitig klar, woran dieser Chor anknüpfte und daß hier eine Bewegung zu ihrem Abschluß gekommen war. Oder hatte sich ein Kreis geschlossen? Hullebeck, genau.

[3. 2. 2001] Ins Büro darf man keinen Hund mitnehmen, das ganze Gebäude ist für Hunde gesperrt. Aber der trägt doch nicht mehr Dreck ins Haus als die vielen Leute, die hier arbeiten! Zwar hat er vier Pfoten, wo die nur zwei Füße haben, dafür sind seine Pfoten viel kleiner als die Menschenfüße. Verstehst du das, frage ich F., warum man keinen Hund mit ins Büro nehmen darf? Ja, sagt F., er verstehe das. Aber der macht doch nicht mehr Dreck als ein Mensch! sage ich, allerdings denkt er gar nicht an den Dreck. Ein Hund sei zu privat, sagt er, intim geradezu. Das leuchtet mir ein. Der Hund gehört zum Privatleben des Angestellten, und das soll nicht vermischt werden mit dem Arbeitsleben. Aus Arbeitgebersicht nicht, aber auch aus Angestelltensicht nicht. Wenn man den Hund mit ins Büro brächte, hätte man kein Privatleben mehr oder kein Arbeitsleben. Arbeit ist Arbeit, und Hund ist Hund.

[14. 2. 2001] Der Mann trägt eine dicke quietschende Lederjacke. Er ist etwa fünfundvierzig Jahre alt und hat einen dummen Blick unter einer leicht gekrausten Stirn. Mit verschränkten Armen und breitbeinig sitzt er in der ersten Reihe, und während des Vortrags quietscht seine Jacke unablässig. Als ein Mobiltelefon klingelt, mokiert er sich lautstark darüber. Dann quietscht er weiter. Das ist sein Beitrag: Er zeigt seine Anwesenheit, aber die ist keine geistige Präsenz, keine Konzentration, sondern rein physisch. Er nimmt nichts auf, er strahlt nur ab.

Einige Wochen später sitzt genau derselbe Mann, wenn auch in einem anderen Körper, im kleinen Saal eines Programmkinos. Er hat sich auch dort prominent in der ersten Reihe plaziert. Sein Alter ist unbestimmbar zwischen zwanzig und dreißig, und er riecht, als hätte er sich lange nicht gewaschen. Viele Zuschauer kommen zu spät, sogar nach einer halben Stunde kommen noch Leute, denn diese Vorführung von »McCabe and Mrs Miller« ist eine Art Party zum siebzigsten Geburtstag eines Regisseurs. Darum kommt auch ein Blinder herein, der genau vor der Leinwand stehenbleibt, so daß der Film auf ihn projiziert wird, während er mit seinem Blindenstock rudert, bis ihn einer auf einen Platz führt. Der übelriechende Mann in der ersten Reihe nun äußert bei jedem, aber wirklich bei jedem, der hereinkommt, sein Mißfallen über die Störung, indem er »Das gibt's doch nicht!« zischt oder »Also, was soll das denn!?« grantelt. Als dann endlich alles friedlich ist, kramt er einen Schokoriegel aus der Tasche und raschelt nicht schlecht mit dem Papier, während er ihn ißt.

[30. 1. 2001] In der Stadt würdigt man Sonnenschein und blauen Himmel mehr als auf dem Land, weil in der Stadt in erster Linie und am deutlichsten das Wetter den Menschen mit der Natur verbindet. In Berlin geschieht die Anbetung der Sonne mit solcher Inbrunst, daß sich Züge des Kultischen erkennen lassen. Das letzte Cabrio mit offenem Verdeck sieht man Mitte Dezember, das erste spätestens Mitte Februar. Straßencafés stellen praktisch nur bei Schneeregen keine Stühle hinaus, ansonsten kann man jahrein, jahraus seinen Kaffee im Freien nehmen und ist dabei in der

Regel nicht einmal, wie in Westdeutschland allerorten, gezwungen, zwei Tassenfüllungen in einem sogenannten Kännchen zu bestellen. Sobald die Wolken aufreißen, sitzen sie überall, in jedem Park, jeder Grünanlage, an jedem Wasser, auf jeder Bank, jedem Stein. Sie stehen auch an Brückengeländern und roten Ampeln oder einfach vor dem Bäcker, wenn dessen Tür nach Süden geht. Sie halten still und ihr Gesicht mit geschlossenen Augen der Sonne hin. Ihre Hunde sitzen neben ihnen und verstehen nicht recht, ergeben sich aber in ihr Schicksal und bleiben auch ruhig. Manche Leute legen sich auch bei Temperaturen knapp über dem Gefrierpunkt ins Gras und knutschen rum, wenigstens wenn sie über dreißig sind. Die Sonne. Sie beten die Sonne an. Die Sonne, Sonne, Sonne beten sie an. Letzte Nacht trieben noch Eisschollen auf dem Landwehrkanal.

[1.3.2001] In einem Antiquariat, nein, es war eher ein Gebrauchtbuchladen, habe ich das Buch eines Autors namens Arthur-Heinz Lehmann gefunden, das diesen Titel trug: »Die Stute Deflorata. Des Hengstes Maestoso Austria Gefährtin.« Keineswegs ist das ein schweinisches Buch, sondern vielmehr eines über solche patenten Menschen, welche die Liebe zum Pferd und dann auch die zueinander vereint. Der Untertitel nämlich verspricht »Die weitere Liebesgeschichte zweier Menschen und ihrer edlen Pferde«. Womöglich gab es diese beiden Menschen einmal wirklich, die beiden Pferde (es handelt sich um Lipizzaner) gab es ja anscheinend auch. Sie sind im Buch abgebildet, die Stute

Deflorata auch in trächtigem Zustand. Die zwei Menschen sind nicht abgebildet. Erschienen ist dieses Buch bei Franz Schneekluth in Celle im Jahr 1948. Mir ist es nicht nur absolut unbegreiflich, wie man ein Buch so betiteln kann, ich verstehe schon nicht, wie man eine Stute so nennen kann – und erkenne dabei, daß ich wirklich in einer völlig durchsexualisierten Zeit lebe. Vor fünfzig Jahren noch scheinen die Leute nicht Tag und Nacht nur an das eine gedacht zu haben, nicht einmal, wenn es um Liebesgeschichten ging. Zumindest schien es ihnen undenkbar, es zuzugeben.

[1. 3. 2001] Im Fernsehen verhandelt ein Fernsehrichter einen anscheinend authentischen Fall mit anscheinend den echten Betroffenen. Ein angestellter Versicherungsvertreter klagt gegen eine Abmahnung, die er erhalten hat, weil er sich Schamhaare auf seinen Kopf transplantieren ließ. Sein gleichaltriger Chef, der Beklagte, erscheint mit geradezu lächerlich vielen Haaren auf dem Kopf – »du mit deinem Schopf wie Winnetou!« sagt sein Angestellter, der Kläger, dazu –, gibt sich allerdings im Verlaufe der Verhandlung – »das mache ich jetzt nur für dich« – schon bald als Toupetträger zu erkennen, indem er es abnimmt und seine Halbglatze zeigt. Das hätte sein Angestellter doch auch machen können, trägt er vor, ein Toupet aufsetzen. Der aber verteidigt sich dagegen »getreu meinem Lebensmotto: Es gibt nichts Wahres mit dem Falschen«.

[10. 3. 2001] »Fakt nimmt den Grauschleier«, hieß es in der Fernsehwerbung meiner Kindheit, und »Es liegt

ein Grauschleier über der Stadt, den meine Mutter noch nicht weggewaschen hat«, hieß es in der Musik meiner späten Pubertät, womit sich wenigstens zum Teil bewahrheitete, was ich mir immer vorgestellt hatte: Daß ich mich später, wenn ich in der großen Stadt leben würde, mit meinen Freunden, die gleichaltrig sein und ganz woandersher stammen würden, problemlos über unsere jeweilige Kindheit würde unterhalten können, weil wir als Kinder alle dieselben Sendungen im Fernsehen gesehen hätten. (Bloß waren es dann halt nicht meine Freunde, sondern die Musiker der Gruppe »Fehlfarben« verständigten mich davon, daß wir zur selben Generation gehörten.) Als man sich dann nicht über »Bezaubernde Jeannie« oder »Immer wenn er Pillen nahm« verständigte, sondern gleich über die Fernsehwerbung, fand ich das doppelt aufregend, klasse, wahnsinnig und noch viel, viel großartiger, als ich es mir je hätte träumen lassen, denn die Werbung war ja das Eigentliche am Fernsehen, sein Leitmotiv.

Damals, als es diese Musik gab, 1980, 81, 82, lebte ich in Einklang mit meiner Zeit. Wirklich unbefangen über Marken, Werbung und das ganze Zeug reden aber erst die zehn Jahre Jüngeren, die sich als Generation Golf zutreffend beschrieben fühlen. Meine Generation dagegen ist die No-future-Generation, eine Bezeichnung, die nun, zwanzig Jahre später, wo wir fest in Berufs- und Familienleben stehen, natürlich obsolet geworden ist. Damals bildeten wir uns noch eine Differenz zwischen uns und der Konsumwelt ein, jetzt sind wir einfach die geburtenstarken Jahrgänge. Das

Einbilden dieser Differenz mag es sein, was unsere geburtenstarken Jahrgänge so langweilig und meinen, den stärksten unter den geburtenstarken, zum langweiligsten überhaupt gemacht hat.

Jetzt lebe ich in der großen Stadt. In Berlin ist das Wasser genauso außerordentlich kalkhaltig wie in dem seinerzeit im Zonenrandgebiet gelegenen Ort, in dem ich aufwuchs. Extrem hartes Wasser. Nach dem Duschen liegt ein Weißschleier auf meiner Haut. Er umhüllt den ganzen Körper.

[11.3.2001] Wo gut dreißig Jahre lang ein Hochhaus stand, ist jetzt ein Loch im Boden, darin fast nierenförmig ein kleiner See, das Ufer steil aufgeschüttet. Ganz frisch glänzt die mittelbraune Erde, und das Wasser ist grün und mit gelblich-weißen Schaumpusteln übersät, ein krankes Wasser. Ich sehe das von einem Fenster der Gemäldegalerie aus; der Blick geht dann weiter auf die Rückseite des Shell-Hauses.

Hinter diesem Loch voller Grundwasser stehen verschiedene Bagger friedlich da, es ist Sonntag, da sind auch keine Arbeiter auf der Baustelle. Im Hintergrund stehen zwei rote, direkt auf dem Hochufer hinter dem See steht ein gelber Bagger. Seinen Greifarm hat er weit von sich gestreckt, die Schaufel liegt weit vorne auf dem Boden. Als stütze der Bagger sich mit der Faust auf den Tisch. Als ließe ein Jäger mit dem Fuß auf der erlegten Beute sich fotografieren. Als sei er stolz auf seine Leistung, so steht der Bagger da. Kein Hochhaus mehr. Ein Stilleben.

[27. 3. 2001] Beim Buchhändler in der Oranienstraße hängt ein kleines Plakat an der Tür, auf dem mit den Parolen »Für mehr als zwei Geschlechter« und »Medizinische Geschlechternormierung ist patriarchale Gewalt« zu einer Kundgebung aufgerufen wird, mit der ein Gynäkologenkongreß gestört werden soll. Illustriert ist dieser Aufruf mit dem Foto eines weiblichen Genitals, aus dem ein kleines männliches heraushängt.

Als das Plakat schon obsolet geworden war, zwei Tage nach dem Kundgebungstermin, sah ich, daß es auf der anderen Straßenseite an einem Transformatorenkasten auch hing; mit Blick auf die Tür des Buchladens, um zehn Meter verschoben, auch im übertragenen Sinne, denn hier hatte jemand den Versuch unternommen, den Anstand wiederherzustellen und eine Papierserviette so gefaltet, daß sie wie ein Röckchen aussah. Der Bund des Röckchens bestand aus Tesafilm, mit dem war es über das schamlos ausgestellte Hermaphroditensiegel geklebt worden. Der Transformatorenkasten aber steht genau vor der Tür eines Lokals, in dem viel homosexuelles Publikum verkehrt, weibliches und männliches gleichermaßen. Am nächsten Tag war das Plakat ganz und gar von einem anderen überklebt. Dafür sah ich, daß das an der Tür des Buchladens immer noch dort hing, und auch bei dem war die schamlose Stelle nunmehr verdeckt; die Ecke eines anderen Plakats war darübergeschoben worden.

So erwies sich dieses Plakat als kontraproduktiv und die Illustration als ebenso dumm wie der Inhalt. Das Foto wollte man nicht sehen, von »medizinischer Geschlechternormierung« wollte man nichts wissen, statt mit patriarchaler Gewalt war man mit Intimität terrorisiert worden.

[28. 3. 2001] Friseure schauen einen nie direkt an, wenn man mit ihnen redet, sondern man muß sich in einen Stuhl vor einen Spiegel setzen und über diesen Spiegel mit dem Friseur reden, der hinter einem steht und einem in den Haaren herumfummelt. Vielleicht ist diese hysterische Situation der Grund dafür, daß Friseure es immer falsch machen und einem immer eine furchtbare Frisur verpassen, nie die, die man sich vorgestellt hat.

[3. 8. 2000] Mittenwalder Ecke Gneisenaustraße. In einer Fensternische sitzt ein junges Paar, beide etwa siebzehn Jahre alt. Das Fenster hinter ihnen ist verklebt, es gehört zu einer Eckkneipe, die *Zum Siphon* heißt. Sie trägt weiße Hosen, er eine Blousonlederjacke. Er sitzt auf der linken Seite, sie auf der rechten, jeder in seine Ecke gedrückt. Sie berühren sich nicht. Sie hält die Arme verschränkt, er hat seine Hände in die Taschen seiner Lederjacke geschoben. Er scheint türkische Eltern zu haben, sie nicht. Ihr Haar ist in der Farbe gefärbt, die in Drogeriemärkten »Aubergine« heißt, aber nicht perfekt, man sieht den dunkleren Naturton ihrer Haare, die sie streng aus dem Gesicht gekämmt hat. Beide starren vor sich hin. Ihre Blickachsen verlaufen fast parallel. Zwar kreuzen sie sich nicht erst im Unendlichen, aber auch nicht weit vorher. Sie sprechen nicht miteinander, sie sind bloß gemeinsam traurig.

Über Sex

Lieblingsaufkleber (auf dem Warmwasserboiler über dem Teeküchenwaschbecken im Flur einer nunmehr untergegangenen Zeitschriftenredaktion): »I am just a middle-aged sex-maniac.« Schwarzweiß, neben der Aufschrift, die Zeichnung eines angstverzerrten Männergesichts. Ich habe nie gefragt, woher dieser Aufkleber kam und wer ihn da hingeklebt hat, wo ihn jeder mehrmals täglich sehen mußte, konnte, durfte: Er war so tröstlich.

Sexualität ist das Gebiet, auf dem sich klar erweist, daß die strikte Verfolgung des eigenen Interesses am Ende zum Glück aller gereicht, denn das eigene Glück erreicht man beim Sex nur, wenn man das des anderen befördert.

Oversexed: Die Durchsexualisierung unserer Umgebung geht uns wahrscheinlich deswegen so auf die Nerven, weil selbstverständlich immer Vögeln das Ziel ist, aber mittels der Durchsexualisierung unserer Umgebung der Eindruck erweckt wird, der Weg dahin sei ein Klacks – dabei ist es umgekehrt: Vögeln ist ein Klacks gegen den Weg dorthin. Und in Wahrheit ist der Weg das Ziel. Er ist es nicht allein, es ist schon auch das Ziel das Ziel, aber der Weg ist doch sehr entscheidend und ist das, was uns eigentlich interessiert, und zwar brennend! Darum ist über Sex zu reden ein bißchen blöd und tendenziell peinlich, während über Liebe zu reden das Aufregendste überhaupt ist und nie langweilig wird – wenigstens nicht, solange man verliebt ist. Über Liebe aber muß man so viel reden, weil Liebe ausgehandelt werden muß; weil das Aushandeln der Bedingungen des Zusammenseins zum Kern dieses Zusammenseins gehört und die laufende Rückversicherung über die Fortdauer der Bedingungen das Wunder des Zusammenbleibens bedingt. Das viele Reden während des Verliebtseins mit anderen als dem Objekt des Begehrens ist ein endloses Beratungsgespräch mit der ganzen Welt zu Fragen der Verhandlungsführung über die Bedingungen erst des Zusammenkommens und später des Zusammenseins. Zwar ist jede Beziehung exklusiv, nicht nur die Liebesbeziehung, aber in dieser müssen die Bedingungen besonders genau ausgehandelt sein, damit sie funktioniert.

Sex muß man machen, aber über Liebe kann man reden. Vielleicht deswegen ist »Liebe machen« so ein blöder Ausdruck, wenn er wohl auch von englischen und romanischen Muttersprachlern nicht so empfunden wird. Außerdem ist er gewiß wahr. Ich erinnere mich an einen jungen Mann, der mir erst gestand, daß er für seine neue Freundin eigentlich nichts empfinde, und wenige Wochen später sagte, nun sei es aber ganz anders. Später haben sie geheiratet, jetzt sind sie geschieden, aber das tut nichts zur Sache. Oder gerade.

Über Sex reden: wenn es allgemein ist, wird es leicht altkluges Gewäsch, wenn es persönlich ist, sollte es persönlich bleiben, also mit dem stattfinden, mit dem es getrieben wird.

Über Sex zu reden hat etwas Jämmerliches, wenn das Gerede nicht dazu gedacht ist, daß man es hinterher treibt, sondern man so tut, als rede man mal so allgemein, ganz theoretisch, streng wissenschaftlich. Vielleicht ginge es, wenn man sich um höchste Abstraktion bemühte, oder es würde dadurch völlig verkrampft. Andere schauen sich Pornofilme an, der verhemmte Kulturschaffende liest Foucault und geilt sich zwar nicht daran auf, sondern am Theoretischsein, vergrößert dabei aber in jedem Fall seinen Frust ins Unendliche. Und intellektuell wird man natürlich bloß, weil das Vögeln nie reicht. Erst ist es viel zu wenig, dann wird es immer noch weniger, und am Ende finden alle, daß Michel Houellebecq irgendwie total recht hat.

Fakten, fuck, ficken: Etymologisch gibt es da keine Herleitung, aber der Akt ist trotzdem das, was gemacht wird, das Konkrete, die Fakten im Realen, das Geschehen am Körper. »Facere« heißt »machen«, aber das Wort »ficken« kommt nicht daher, sondern eher von »fricare – reiben«, wenn überhaupt aus dem Lateinischen. Bestätigt werde ich nur vom Persischen: Da gibt es viele Komposita mit »kardan – machen«, »telefon kardan« zum Beispiel heißt »telefonieren«, aber »kardan« alleine bedeutet »ficken«. Ficken ist Machen. Nicht sich vorstellen, wie man jemanden berührt und selbst berührt wird, sondern wirklich anfassen und angefaßt werden. Der Akt ist das Faßliche. (Actions speak louder than words.)

Und weil man es eben machen muß und es auch jeder machen kann, der Mensch ist ja komplett dafür ausgestattet und kann ohne jedes Fitneß-Studio-Abonnement und auch ganz ohne Schulabschluß oder Führerschein sofort vögeln und jederzeit, weil es also das ist, was jeder selber machen kann und was ab einem gewissen Alter auch jeder schon einmal selber gemacht hat, darum ist es so widerwärtig, ständig mit dem Sex der anderen belästigt zu werden. Man kann es selber!

Als ich pubertierte und noch jungfräulich war, habe ich meinen Eltern gesagt, Sex sei doch einfach bloß eine Erweiterung der Kommunikation. Heute sage ich: Kommunizieren ist eine Form von Sex, und all you need is love.

[18. 4. 2001] Zwei Jugendliche, zwischen sechzehn und siebzehn Jahre alt, im Geschlecht nicht erkennbar, indes die genauere Betrachtung sie nach einer Weile als Knaben verrät, mit halblangen braunen Haaren, also gerade über schulterlang, einmal hellbraun, einmal mittelbraun und beide Male mittelgescheitelt, in hinten und vorn mit Konsumkritik groß bedruckten Kapuzenpullis, deren hängende Schultern über den Rundrücken sie zu großen Fragezeichen machen, sitzen über Eck an einem quadratischen kleinen Kaffeehaustisch, auf dem zwei Colaflaschen und zwei kleine Gläser mit Zitronenschnitzen drin stehen, und starren beide in ein schräg unten vor ihnen liegendes Unbestimmtes. Dann zündet sich der mit dem mittelbraunen Haar eine Filterzigarette an und redet lustig, aber nur einen kurzen Moment lang, bis er mit dem ganzen Oberkörper auf die Art zu zittern beginnt, wie es Knaben in seinem Alter sonst mit den Oberschenkeln tun, es ist eher ein geregeltes Vibrieren. Sein Rauchen ist eine kontinuierlich ausgeübte Tätigkeit, kurze Züge an der Zigarette, die dann sofort im Aschenbecher abgestreift wird, worauf gleich der nächste Zug folgt, bis die Zigarette zu Ende geraucht ist, der Oberkörper aber weiter vibriert. Zwischen ihren Füßen liegen ihre kleinen Rucksäcke auf dem Boden; sie hängen sich jeweils nur einen Riemen über jeweils nur eine ihrer hängenden Schultern, als sie sich aufmachen und in ihren viel zu weiten, viel zu langen Hosen davonschlurfen in den weiteren Verlauf der Pubertät.

[23.4.2001]

Der Himmel. Die Stadt ist nicht hoch, die Häuser. Die Stadtautobahn, über die Stadtautobahn fahren, durch Schöneberg, Richtung Wilmersdorf. Von vorne grüßt »die Schlange«, das Haus über der Schlangenbader Straße, in dem J. mal ein Semester lang in der Wohnung von Professor S. wohnte. »Die Schlange« ist das Haus, durch das die Autobahn führt, aber nicht die, auf der ich fahre. (»Die Schlange« erfüllte für die siebziger Jahre die Form, mit der das Haus am Gleisdreieck, durch das die U-Bahn fährt, in den zehner und zwanziger Jahren zu begeistern wußte.) Und es grüßen die drei gelben Schornsteine des Kraftwerks.

Darüber ist der Himmel aufgerissen, der aus Wolken und Blau locker zusammengerührte Himmel. Und weil es gerade dämmert (weil das die blaue Stunde ist), ist der Himmel farbig (gar nicht blau). Der Streifen über der Stadt ist gemischt aus Gelb und Rot, das noch immer gelber und roter wird und schreit voll Glück wie voll Entsetzen. Voll Glück über die Luft (aus der er aber sowieso besteht, der Himmel), voll Entsetzen, weil es Nacht werden will. Nacht aber will es werden, weil es Nacht werden muß. Das ist alles.

[2.6.2001] »Geliebt wirst du einzig, wo du schwach dich zeigen darfst, ohne Stärke zu provozieren«, sagt Theodor W. Adorno, aber das stimmt nur für Männer. Für Frauen gilt umgekehrt: »Geliebt wirst du einzig, wo du stark dich zeigen darfst, ohne Schwäche zu provozieren.« Ohne Impotenz zu provozieren. Ohne, bloß weil du dein Leben im Griff hast, für eine Megäre,

Hexe, kastrierende Frau gehalten zu werden. Auch ohne darum gleich als Krankenschwester, Managerin, Retterin fungieren zu müssen.

Allgemein muß der Satz heißen: Geliebt wirst du einzig, wo du ein kompletter Mensch sein darfst; wo du als Frau nicht deine männliche und als Mann nicht deine weibliche Seite verleugnen mußt.

Noch allgemeiner kann man sagen: Geliebt wirst du viel zu selten.

[6. 4. 2001] An einem fremden Ort allein zu sein ist viel weniger schlimm, als daheim allein zu sein. Es ist eigentlich gar nicht schlimm. Daheim weiß man, wie wenig Leute man kennt, in der Fremde dagegen ist es normal, daß man keinen einzigen kennt, und man ist es zufrieden.

[18. 4. 2001] Je unausweichlicher er in eine Masse gezwungen ist, desto verzweifelter versucht der Massenmensch den anderen Massenmenschen gegenüber seine je eigene Besonderheit zu behaupten. Bei einer Flugreise ist der Widerspruch besonders kraß: in die Wartezone, von der aus es ins Flugzeug geht, kommt der Massenmensch nur mit einem Ticket, auf dem sein eigener Name steht, aber dort trifft er auf nicht wenige Leute, die auch alle ein Ticket mit ihrem eigenen Namen darauf besitzen. Da will nun die Besonderheit besonders deutlich deutlich gemacht werden.

Nehmen wir einen frühen Sonntagabend an Gate 33, bis zum Start des Inlandsfluges ist noch eine halbe Stunde Zeit. Eine junge Frau tritt an den Schalter und teilt dem Mann dort mit, ihr sei bewußt geworden, daß sie ihren Platz in diesem komplett ausgebuchten Flugzeug dem Nichterscheinen eines anderen Fluggastes zu verdanken habe, obwohl sie doch rechtzeitig gebucht und somit fest mit einem Platz rechnen zu können geglaubt habe. Sie begehrt zu wissen, »also, das interessiert mich jetzt nur mal so«, was geschehen wäre, wenn dieser andere Fluggast doch gekommen wäre. Da erfahren nun alle ausführlich, wie absolut korrekt man im hier nicht eingetretenen Falle verfahren wäre, der Lufthansa-Angestellte verwandelt sich in eine Dienstbeflissenheitsmaschine, die gar nicht mehr aufhört zu rattern.

Andere Leute haben genau gegenteilige Motive, denn sie sind an einem Dasein als Massenmensch gehindert und verständlicherweise unglücklich darüber; nicht ganz so leicht möchte man verstehen, daß sie ihr Leid allen allezeit kundtun müssen, was sie tatsächlich unbedingt jederzeit tun müssen, wie die etwa fünfzigjährige Frau, die nun mit ihrem im Rollstuhl sitzenden Ehemann sowie zwei Helfern vom Flughafenpersonal eintrifft und sich neben dem Schalter in Startstellung bringt. Wo sie denn sitzen sollen, fragt sie den Lufthansamenschen, »Reihe 16«, sagt der, »vergessen Sie's«, sagt sofort die Frau, »da kriegen Sie meinen Mann nicht rein«. Diese Aussage wiederholt sie in Variationen fünfmal, um auf Beschwichtigungsversuche hin schließlich zu einer grundsätzlichen Beschimpfung der Lufthansa überzugehen. »Nun streite dich doch nicht«, sagt ihr Mann im Rollstuhl, »wer streitet sich denn hier?« sticht die Frau zurück. Der unterdes eingetroffene erwachsene Sohn wiederholt noch einmal sämtliche bereits vorgebrachten Ausführungen seiner Mutter. Diese Menschen behaupten ihre Besonderheit durch Gerede, aber es geht auch nonverbal, wie die junge Frau zeigt, die zu Beginn ihrer Vorstellung ganz ruhig auf einem der festgeschraubten Plastikschalenstühle in der Ecke sitzt. Vor sich auf den Boden stellt sie eine große Tasche, in den Deckelbecher einer Thermoskanne gießt sie schwarzen Kaffee und stellt ihn daneben. Dann zieht sie die Kapuze ihres Mantels über den Kopf, setzt ihre Sonnenbrille auf und erhebt sich. Sie geht ein paar Schritte, dreht sich um, lacht in der Drehung kurz auf und kommt zurück. Das wiederholt sie in gemessenen Abständen. Sie braucht zu ihrer Besonderheitsdarstellung nur sich allein (denn sie ist, was allerdings an Gate 33 kaum einer weiß, eine nicht unerfolgreiche Schauspielerin), während der nun auftretende Mann der Unterstützung durchs Gerät bedarf: Der massive Mittvierziger mit Glatze und leuchtendblauem Anzug baut sich direkt vor der gerade sitzenden Schauspielerin auf, unten ragt die dicke Aktentasche zwischen seinen Beinen heraus, und teilt über sein Mobiltelefon jemandem mit: »Ich werde morgen so gegen zehn oder elf Uhr ins Büro gehen.«

All diese Leute werden am Ende nicht als Massenmenschen ins Flugzeug steigen, und wenn sie sich im Zubringerbus noch so drängen mußten. Allerdings haben sie sich lächerlich gemacht, denn sie beharrten auch da noch darauf, etwas Besonderes zu sein, wo es nun wirklich keinen interessiert. Etwas Besonderes waren an Gate 33 nur die, die sich als Schafe in die

Herde fügten und im strengsten Nichtbelästigen ihrer Umgebung nonchalant ihre Weltläufigkeit bewiesen.

[26./27. 1. 2001] Die Hilflosigkeit von Eltern sehe ich deutlich bei einem Besuch der Philharmonie vor mir, im buchstäblichen Sinne, denn in der Reihe vor mir sitzt ein Ehepaar Anfang fünfzig neben einer sonderbaren kleinen Frau, die die sechzig überschritten hat. Links sitzt massiv der rotgesichtige Mann, dem das Anzugtragen bei solchen Gelegenheiten selbstverständlich ist, wenngleich er seinen grauen Anzug nur mit seinem Körper ausfüllt, das aber ganz und gar, so daß der arrogante Anzug sich ihn zum Träger, nicht er sich einen Anzug zur Unterstreichung seiner Ausstrahlung gewählt hat; in der Mitte sitzt seine sehr schlanke Frau mit perfekt, weil unsichtbar frisierten, wunderbar roten Haaren, die sich in ihrer festlichen Kleidung, die auch viel schicker ist als die ihres Mannes, sehr wohl fühlt und in keiner Weise beengt; rechts sitzt die komische kleine Frau, die ihre kurzen braunen Haare hochtoupiert hat, so daß die Strähnen fast einzeln vom Kopf abstehen, und die beim Sprechen immerzu, wie grundsätzlich, lächelt, eine Dauermaske aus freundlicher Milde liegt über ihrem Gesicht.

Nun tritt das Orchester auf, und das Ehepaar winkt auf einmal mit dem ganzen Arm hinunter, sehr aufgeregt, denn – das Kind spielt bei den ersten Geigen mit. Wahrscheinlich hat das Kind die Aufnahmeprüfung für das Aufbaustudium an der Herbert-von-Karajan-Akademie des Berliner Philharmonischen Orchesters bestanden, zu dessen Reiz es gehört, daß man bei echten Konzerten der echten Philharmoniker mitspielen darf. Für Orchestermusiker ist die Ausbildung an dieser Orchesterakademie ein Äquivalent zum Doktortitel der Wissenschaftler. Die kleine Frau, die neben dem Ehepaar sitzt, dürfte die Geigenlehrerin sein, die einst das Talent des Kindes erkannte und mit den Eltern die zu ergreifenden Fördermaßnahmen besprach.

Auf dem Programm steht das Verdi-Requiem. Die Mutter liest den Text mit. Der Vater rückt an die Mutter heran, weil zu seiner Linken ein kleiner Chilene sitzt, der ihm fast an die Schulter gesunken ist. Der graue Anzug ist zu eng, der Mann ist zu dick, sein Gesicht ist rot. Seine schlanke Frau arbeitet gewiß seit jeher und mit großer Disziplin an ihrer Figur, die darum tadellos ist und dem Ideal der Zeit entspricht.

[23. 8. 2000] Ende des Einkaufs im Supermarkt. Was man eingekauft hat, legt man an der Kasse auf ein Fließband, das bringt es zur Kassiererin, die es über den Scanner und weiter auf das nächste Fließband schiebt. Man bezahlt, und das zweite Fließband befördert die eingekauften Sachen weiter. Kaum hat die Kassiererin fertig kassiert, schiebt sie die Einkäufe des hinter einem Stehenden auf dieses Fließband. Wo das Fließband zu Ende ist, schieben sich die Einkäufe aller Kunden in derselben Mulde zusammen, aus der jeder seine Sachen herauszuangeln versucht und bemüht ist, nicht seine mit den Sachen des vorherigen oder nachfolgenden Bezahlers zu verwechseln. Hier werden alle zu Akkordarbeitern. Hinten in der Mulde, in der man seine Sachen zusammenzuhalten und von denen des

nächsten Bezahlers getrennt zu halten versucht, liegt ein vielfach gefaltetes und davon weich gewordenes DIN-A-4-Blatt, auf dem nichts steht außer im linken oberen Achtel mit blauem Kugelschreiber untereinandergeschrieben das Folgende: »Einkaufsplan / FERNSEHZEITUNG / Eier / CHIPS (durchgestrichen, dahinter:) KNABBER / TEXASSUPPE / TRINKEN / BROTAUFSTRICH / STREICHHÖLZER / MILCH 1«. Was man selbst eingekauft hat, sagt der Kassenzettel: »PEPSI COLA / FANTA / VOLLMILCH / PFAND / Summe DEM 5,37 / DM DEM 6,07 / Rueckgeld DEM 0,70 / Summe in EUR 2,75 / 1 EUR = 1,955830 DEM«. Diese Sachen tut man in seinen Einkaufsbeutel, dazu den Einkaufsbon und den gefundenen »Einkaufsplan«. Dann legt man den vollen Einkaufsbeutel in den Einkaufswagen, auf dessen Kindersitz die Handtasche steht, und schiebt ihn zur Einkaufswagensammelstelle. Dort nimmt man den Einkaufsbeutel aus dem Einkaufswagen, hängt die Handtasche über die Schulter und rammt seinen in die dort bereits stehenden Einkaufswagen. Daraufhin steckt man den Nippel, der an einer kurzen Kette am Griff des Einkaufswagens hängt, in den Einkaufswagen, in den man den seinen hineingerammt hat. Nun springt der Schieber am Griff heraus und gibt das Markstück frei, das man zu Beginn seines Einkaufs als Pfand hineingesteckt hatte. In der einen Hand den Einkaufsbeutel, in der anderen das Markstück, geht man zum Ausgang. Dort stehen unter Alkohol und/ oder Drogen stehende Elende, die vom andauernden Alkohol- und/oder Drogenkonsum schwer gezeichnet sind, und betteln einen an. Bei diesen gibt man sein

Markstück ab. Dann macht man sich auf den Heimweg.

Wien, 5.–8. April 2001

Wien, das ist ein endloser Brei. Die Stadt geht vollkommen spannungslos überall immer genauso weiter, nur sind die Häuser manchmal etwas niedriger und manchmal etwas höher. Als sei das eine kleine Stadt, kommt sie einem vor, denn mittendrin ist es still und friedlich wie auf dem Dorf. Wenn der Verkehr rauscht, dann immer nur in der Ferne. Erst bei der Abreise, auf der Fahrt zum Flughafen im Sammeltaxi, wird einem klar, wie weit sie sich hinstreckt, diese Stadt. Außerdem sieht man bei dieser Gelegenheit, daß sie durchaus von Hochhaussiedlungen umstanden ist, das versöhnt einen etwas.

Bei der Ankunft bin ich mit der Bahn vom Flughafen in die Stadt hineingefahren. Das war zur blauen Stunde, die Sonne ging gerade unter, und sofort stand da eine Industrieanlage wie aus dem Bilderbuch. Herrlich! Es war wohl chemische Industrie und blitzte und leuchtete, daß es eine Freude war. Silberfarbene siloartige Behälter gab es da, Röhren fanden sich zu Bündeln zusammen und trennten sich wieder, besteckt war diese Pracht mit unendlich vielen weißen Lichtlein. So sauber und glänzend wie neues Spielzeug sah das alles aus, nein: so proper wie das Wirtschaftswunder vor dem hellblauen Himmel, der gerade grau zu werden begann.

Kaum hat der Zug diese Anlage passiert, fängt die fremde Stadt an, und weiterhin sieht sie aus wie für die

Modelleisenbahn hingebaut: possierlich hingewürfelt prangen da die Einfamilienhäuser eins neben dem anderen, und in jedem sind immer ein bis höchstens zwei Fenster traulich erleuchtet.

Im Wiener Flughafen geht man bei der Ankunft durch eine groteske Natursteinorgie. Wände wie Böden sind mit gleichgroßen polierten Platten belegt, und alle paar Meter wechselt die Farbe, dunkelgrau, hellgrau, hellbraun, immer heftig marmoriert. Nicht anziehend, eher abstoßend, weil es so blöd unüberlegt aussieht, als hätte irgendein Spezialfreund des Architekten sein Lager räumen wollen, anders als mit Vetternwirtschaft läßt sich diese Scheußlichkeit kaum erklären. Der öffentliche Raum ist ebenso ungeschickt gestaltet wie in Tokio. Aber nur im ersten Moment wirkt das so. Tatsächlich ist die Auffassung vom öffentlichen Raum konträr, denn die Stadtbahnhöfe aus Rohbeton bedeuten in Wien, daß sie sich noch im Rohbau befinden, während sie in Tokio so aussehen, wenn sie fertig sind, und in den unhübschen niedrigen U-Bahnhöfen liegt in Wien Papier herum, ohne daß gerade einer dabei wäre, es wegzuräumen, was in den unhübschen niedrigen U-Bahnhöfen von Tokio vollkommen undenkbar wäre.

Die ganze Stadt hängt voller Schilder. Schon die bloß praktischen Hinweisschilder gibt es im Übermaß. In der Lilienbrunngasse im zweiten Bezirk weist an einem Haus ein Schild auf den »Pesachlebensmittelverkauf« im Hof hin, da ist Pessach so geschrieben, wie man es spricht, und ein paar Häuser weiter befindet sich die »International Christian University«. Am Haus Kleine Sperlgasse 1 verweisen links und rechts von der Eingangstür endlos viele Schilder auf die Geschäfte der Mieter. Auf einem steht »Rechtsanwalt / Dr. Ernst Karg / 1. Stock«, sonst nichts, denn nomen est omen.

Ansonsten gibt es die Geschichtsschilder, die an so gut wie allen Häusern in Wien hängen und verkünden, was es mit dem Haus auf sich hat, eine Orgie des Selbstbezugs. Wenn es ein altes Haus ist, dann ist die Hinweistafel mit einem Kranz aus vier kleinen österreichischen Fahnen stolz geschmückt, und unter der Hausbeschreibung steht in Anführungszeichen und mit Punkt dahinter: »Wien – Eine Stadt stellt sich vor.« Wenn es kein altes Haus ist, steht auf dem Schild, daß es infolge von Kriegseinwirkungen in den Jahren 1939–45 beschädigt war, dann aber in diesem oder jenem Jahr unter der Regentschaft dieses oder jenes promovierten Bundeskanzlers wieder aufgebaut wurde. Wer gerade regierte, wer sich durch Wiederaufbaumaßnahmen verewigen konnte, wird als wichtigste Information auf diesen Tafeln präsentiert. (In Berlin hängt an solchen Häusern nur eine vergleichsweise winzige Plakette neben oder über der Tür mit dem Hinweis »Aufbauprogramm« und einer Jahreszahl, weiter nichts. In Berlin war aber auch vergleichsweise unendlich viel mehr zerstört.) Daß die Verewigung des Regenten das wichtigste ist, wird dadurch bestätigt, daß an allen Gebäuden des sozialen Wohnungsbaus, von denen es unzählig viele gibt, sie heißen Gemeindebauten, auch immer Tafeln hängen, und zwar noch viel größere als an den wiederaufgebauten Häusern. Der Staat ist anwesend wie im Ostblock. Außen am Haus steht »Wohnhaus der Gemeinde Wien, errichtet in den Jahren 1982–83«, im Durchgang zum Hof hängt ein riesiges Schild mit Erläuterungen zum Bauhergang, und darauf am größten und in Versalien steht der Name des damaligen Bürgermeisters.

Wie man in Österreich ohne Titel kaum angesprochen werden kann, weswegen schon ein einfacher Magisterabschluß zum Tituliertwerden herhalten muß, scheinen also auch Häuser eines Titels zu bedürfen. An einem Hotel hängt eine riesengroße Tafel, die darauf hinweist, daß dort hundert Jahre zuvor die erste Gewerkschaft für Angestellte der Privatwirtschaft oder so ähnlich gegründet worden ist.

So wird nichts und niemand vergessen, gar nichts und gar niemand, und es ist völlig einleuchtend, daß Wien die Stadt der Psychoanalyse ist, denn das Unbewußte hat nicht Zeit noch Raum. Es ist dort alles gleichzeitig anwesend, und die Wichtigkeit einer Sache hat nichts damit zu tun, wie alt sie ist. Freud erklärte das anhand des Forum Romanum, denn zu seiner Zeit war Wien eine Stadt der Gegenwart. Heute ist sie so vergangenheitsversessen und vergessensunlustig, daß er nicht mehr nach Rom fahren müßte, sondern daheimbleiben könnte. (Um ins Freudmuseum, das in Freuds Wohnung und Arbeitsräumen eingerichtet ist, zu gelangen, muß man an einer Wohnungstür klingeln. Im ersten Stock der Berggasse 19 gibt es zwei Wohnungstüren; die eine führte in die Praxis, die andere in die privaten Räume der Familie Freud. Um ins Freudmuseum zu gelangen, muß man an der Tür klingeln, die seinerzeit in die privaten Räume führte, denn wenn einer lange genug tot und dazu noch berühmt genug ist, tritt die Welt wie selbstverständlich in sein Privatleben hinein.)

Man sieht nur, was man weiß, man sieht aber auch, was man sich einbildet. Am Freitagabend sind auf dem Tandelmarkt im zweiten Wiener Bezirk schon alle Stände geschlossen. Die Stände sind fest installiert, sie haben ihre vorderen Klappen heruntergelassen. Kleine Gruppen von kleinen Buben, mal sind es drei, mal vier, spielen Fußball. Der Platz ist groß und rechteckig und von großen Häusern vom Ende des 19. Jahrhunderts umstanden, denen man ansieht, daß die Gegend nicht reich und nicht arm ist. Darüber steht der volle Mond am sattblauen Frühabendhimmel, und plötzlich denke ich mir, so in etwa müsse es im Schtetl ausgesehen haben. Aber daß ich das denke, muß nicht unbedingt an dem Platz liegen (natürlich hätte man sich für ein Schtetl den Platz etwas kleiner und die Häuser viel niedriger vorzustellen), vielmehr wird es wohl oder wenigstens auch daran liegen, daß ich hier in der Nacht zuvor nur orthodoxe Juden auf der Straße gesehen habe und zudem weiß, daß an einer Ecke des Platzes gleich eine liberale jüdische Gemeinde den Schabbatgottesdienst feiern wird.

Am Sonntagnachmittag regnet es, und im Prater dreht sich das Riesenrad, es hängt aber nur jeder zweite Wagen dran. Mit der einen Achterbahn fährt keiner, mit der anderen fahren aber doch welche. Der Autoscooter ist in Betrieb. Die junge Frau, die in einer Bude eine Art von Prater-Mitgliedskarten verkauft, versucht sich durch Popmusik munter zu halten. Von einem leeren Amüsierpark am Sonntagnachmittag im Regen würde man eine ziemlich triste Atmosphäre erwarten, aber der Prater ist gar nicht trist, sondern es ist dort derselbe gleichmäßige Brei wie überall in Wien.

Im selben zweiten Bezirk wie der Prater befindet sich der Augarten. Das ist eine barocke Anlage, die im 17. Jahrhundert von Kaiser Leopold I. gegründet und von Joseph II. dem Publikum geöffnet wurde. Seit 1922 befindet sich dort die Wiener Porzellanmanufaktur, seit 1948 sind die Wiener Sängerknaben in einem barocken Gebäude untergebracht; auch das österreichische Filmarchiv hat hier seinen Sitz. Neben dem Eingang hängt wieder eine riesengroße Tafel: »Dem Andenken / Anton Janscha's / dem ersten österreichischen Bienenzuchtlehrer und Bienenforscher / anläßlich seines 200. Geburtstages / gewidmet von der österreichischen / Imkerschaft im Jahre 1934.« Fortgeführt wurde die Beschriftung der Tafel knapp vierzig Jahre später, denn untendrunter steht, und es dauert eine Weile, bis man es versteht: »* 1734 1973 † 1773 / anläßlich des 200. Jahrestages seines Todes in Wien / Landesverband für Bienenzucht in Wien / zneza čebelarskih drustev za sloveníjo«.)

Das Wunderbare an dieser Anlage nun, das, was mich am Ende mit ganz Wien versöhnte, sind die zwei Flaktürme, die mittendrin stehen und die man schon von weitem sieht, die mich überhaupt dorthin gelockt haben, in den Augarten. Noch weiter entfernt sieht man einen schon wieder so putzig mit einer Goldzwiebel am oberen Ende verzierten Fabrikschornstein. Nein, es ist gar kein Fabrikschornstein, es ist der Donauturm, ein nur zum Vergnügen, nein, ein für die Vergnügung der Bevölkerung, also ein aus massivem Geschäftsinteresse erbauter Turm. Darum ist er so putzig. Aber sogar den erträgt man angesichts dieser zwei massiven Betontürme. Sie sind etwa sechs Stockwerke hoch und wurden 1940 mitten in den Augarten hineingerammt. Drei Jahrhunderte hat dieser relativ unangetastet überstanden, aber da die Nazis nun gar nichts unvergewaltigt lassen konnten, hatte so ein schöner Garten natürlich keine Chance; zumal er aus einer ebenfalls autokratischen Zeit stammt, deren Dynamik aber eben nicht todessehnsüchtig und absolut destruktiv, sondern sehr lebenszugewandt und auferstanden aus Ruinen aufs Aufbauen gerichtet war. Bau auf, bau auf. Bau auf, bau auf. Freie Deutsche Jugend, bau auf! In diesem Fall allerdings muß man dem Nazipack nun geradezu dankbar dafür sein, daß es der endlosen schnuckeligen Putzigkeit diese monströsen Türme entgegengesetzt hat, denn damit schuf es das Bollwerk, das die Vernichtung der ganzen Stadt verhinderte – nicht, weil von diesen Türmen aus womöglich feindliche Flugzeuge abgeschossen wurden, sondern diese Türme waren ein Tribut an den Zerstörungswillen des Nazipacks. Der war damit schon befriedigt, da mußten sie nicht auch noch die Hofburg einebnen, so in etwa.

Die Hochbunker in Berlin sind stehengeblieben, weil sie aus derart viel Stahlbeton bestehen, daß, wollte man sie beseitigen, sie mit so viel Sprengstoff gesprengt werden müßten, daß die Häuser in der Umgebung gleich alle mitgesprengt würden. Mitten in der Stadt kann man das nicht machen. Also stehen sie noch. Mit den Flaktürmen wird es genauso sein. Wie dick dieser Beton ist, weiß ich aus meinem Elternhaus, das über einer Flakstellung errichtet wurde. Der Bunker, auf dem die Flak stand, ist jetzt der Vorratskeller, seine Wände sind mehr als einen Meter dick. Vorratsbunker. Flakturm. Stahlbeton. Das sind recht eigentliche Onomatopoesien.

Den parallel zur Ummauerung angelegten Hauptweg des Augartens säumen von Menschen bearbeitete Bäume. Den relativ dicken Stämmen, die auf der Seite zur Mauer hin stehen, sind die Kronen abgehauen worden, oben wächst jeweils ein einzelnes Steckerl heraus. Als steckten Besenstiele in den Kronen, so sieht das aus. Wo ein mächtiger Baum war, muß ein Besenstiel werden! Den Bäumen auf der Seite zum Augarten hin dagegen sind die Kronen exakt viereckig gestutzt. Es kommen zwei etwa dreizehn Jahre alte Buben, setzen sich auf eine Bank und packen riesengroße Wurstbrote aus. So etwas habe ich noch nie gesehen; ich hätte gedacht, so etwas: Buben mit Wurstbrotproviant auf einem Abenteuerausflug in einen anderen Stadtteil am Sonntagnachmittag, so etwas gebe es nur in Jugendbüchern aus den fünfziger Jahren. Aber nichts da. In Wien bestehen alle Zeiten nebeneinander.

Am Franz-Josefs-Kai 63 hängt ein Schild »Realitätenverwaltungs- und Restaurantbetriebs-GmbH. Servicegruppe«.

Wir einsamen Frauen

it's too hot to sleep and time is running away
feel like my soul has turned into steel ...
it's not dark yet, but it's getting there

Bob Dylan

Sommer. Wir einsamen Frauen bemerken gerade im August unsere Einsamkeit ganz deutlich. Wir wissen, daß es dazu ein Gedicht gibt, das von einem Mann geschrieben wurde; ihm entnehmen wir, daß Einsamkeit kein Vorrecht der Frauen ist. Allerdings dächten wir nicht, darüber zu dichten. Dennoch freuen wir uns, daß dieses Gedicht geschrieben wurde, wir schlagen es gerade in diesen warmen Nächten gerne einmal auf, bevor wir in unsere kühlen Betten kriechen. Wie erfreulich die letzte Strophe anhebt! »Wo alles sich durch Glück beweist / und tauscht den Blick und tauscht die Ringe / im Weingeruch, im Rausch der Dinge, –:« Sehr schön, daß sich einmal einer hierüber mokiert, aber dann die letzte Zeile: »dienst du dem Gegenglück, dem Geist.« Da schlägt doch der Mann wieder durch. Wir dienen keinem Gegenglück, aber auch dem gemeinen Glücke nicht. Wir sind bloß einsam, das heißt, unfreiwillig kein Teil einer Paarbeziehung und auch nicht eingebunden in soziale Verpflichtungen, Dienste und Hilfestellungen. Die könnten wir natürlich ehrenamtlich übernehmen, aber das wollen wir nicht, denn a) haben wir auch kein besseres Herz als andere, b) kämen wir uns da wie ungeliebte alte Schrullen vor, die sich durch unbezahlte Arbeit ein bißchen allgemeine Zuwendung erkaufen wollen, und c) brauchen wir unsere Freizeit, um uns über die Abwesenheit eines Mannes in unserem Leben Gedanken zu machen und einen zu suchen, den wir dann zu einem anwesenden aufbauen könnten.

Gelegentlich macht es uns glücklich, daß keinerlei Glücksdienstleistungen von uns verlangt werden, gelegentlich macht uns das sehr unglücklich. Zumeist üben wir uns darin, unsere Seelen zu stählen, und weigern uns, unglücklich zu sein, bloß weil wir einsam sind. Wir sind doch immerhin Frauen und können uns mit uns selbst beschäftigen! Wir können uns die Haare waschen und frisieren, die Beine rasieren, die Augen schminken, die Lippen anmalen, wir haben viele Ketten und Ringe, die wir anlegen können und unter denen wir erst wählen müssen, ebenso wie unter unseren vielen Kleidern und Schuhen. Stundenlang können wir uns mit uns selbst beschäftigen. Womöglich ist es dann schon zu spät geworden, um noch auszugehen. Dann machen wir eben den Fernseher an, bevor wir uns die Zähne putzen und die Nachtcreme in kreisenden Bewegungen sanft einmassieren.

Vielleicht ist es aber noch nicht zu spät. Dann suchen wir ein Lokal auf, wo man uns unbehelligt unter Menschen sein läßt. Allein sitzen wir am kleinsten Tisch oder, im Verbund mit anderen einsamen Frauen, auch zu zweit und dritt an einem etwas größeren Tisch. Wir einsamen Frauen sitzen drinnen, denn im

Garten draußen sind alle Tische von Nichteinsamen belegt. Dort ist kein Platz für uns. Dort würden wir von geschlechtlich gemischten Vierergruppen vertrieben, wenn wir einen Tisch für uns allein belegten. (»Hier ist doch noch frei?«) Wir wissen nicht, warum der Mond so voll sein muß, warum die Nacht so hell und lau. Wenn wir nicht alleine gekommen sind, dann sprechen wir sehr laut, damit jeder hören kann, wie wir auf der Welt und einsam sind und auch nicht mehr zu sagen haben als andere. »Wer allein ist, ist auch im Geheimnis«, so wieder unser Augustdichter, der nun gar nicht mehr für uns spricht. Wir sind allein und geheimnislos. Auch die Kellnerin scheint zu uns zu gehören, sie läßt die Brüste hängen.

So war's im Sommer, so ist's auch im Herbst zur Rilke-Saison: »Herr, es ist Zeit«, ja was denn sonst?! Für den Winter fällt uns leider nur Hölderlin ins Gemüt: »Weh mir, wo nehm ich, wenn / Es Winter ist, die Blumen, und wo / Den Sonnenschein« – nein, das ist zu schrecklich. Im Frühling gibt's hoffentlich wieder fröhliche Gedichte, die sogar einsame Menschen heiter stimmen.

In jeden Mund ist die Geschichte eingraviert, die er verheimlicht, und wir einsamen Frauen haben schmale Lippen. Keine Münder zum Küssen. Sehen aus, als hätten wir uns in unser Schicksal ergeben. Als käme bis zur Rente nichts mehr nach.

Andererseits: diese Paare! Sind sie nicht samt und sonders unappetitlich, tendenziell abstoßend, nachgerade widerlich? Ein kurzer Blick in die Runde zeigt folgendes Bild: Hier dieses Paar von Endvierzigern trägt die langen Haare zusammengebunden, er im einfachen Pferdeschwanz, sie hat einen geflochtenen Zopf. Und jenes Paar liest die Zeitung, jeder eine andere, und sie reden nicht miteinander. Das nächste Paar dagegen hat alles auf einmal bestellt, Wein, Mineralwasser, Kaffee, Sauerbraten, und dann erst angefangen, Zeitung zu lesen. Er schweigt, und sie quasselt in einem fort. Sie legt ihre Zeitung über seine, damit er die Karikatur anschaut, wobei sie lacht und er weder die Miene verzieht noch einen Ton von sich gibt. Und diese zwei Menschen Ende dreißig tragen robuste Anoraks und knutschen sich vor dem sonntäglich geschlossenen Fahrradladen ab, auf der Straße, in aller Öffentlichkeit, vor aller Augen, ganz ungeniert! Nein, sie tun bloß so. Sie ist größer als er und steht stocksteif da, während er an ihr hängt wie am Gipfel des Glücks. Dann gehen sie weiter. Er strahlt voller Stolz auf diesen Ausbruch der Leidenschaft, und sie wischt sich den Mund ab, erst mit dem linken Handrücken, dann mit dem rechten.

Alle sehen sie uninteressant aus und sind nicht schön und geben sich auch gar keine Mühe, das zu vertuschen. Bei Männern kann man geradezu die Regel aufstellen, daß es sich bei ihnen, wenn sie gut aussehen, gut gekleidet und nicht schwul sind, um Junggesellen handelt. Man kann die Regel aber nicht umkehren, denn keineswegs sehen alle Junggesellen gut aus und sind gut gekleidet, während sich andererseits manche Männer auch dann noch von sich aus schick anziehen, wenn sie schon jahrzehntelang verheiratet sind. An den Paaren, die wir sehen, interessieren uns nur die Frauen, denn die Männer sind ja schon vergeben.

Zwar wollten wir mit keiner von ihnen tauschen, aber wir wüßten schon gerne, was an diesen Frauen ist, daß sie sind, was wir nicht sind, nämlich Teil eines Paares. Als erstes kann festgehalten werden, daß wir sie nicht beneiden, denn wir sind allemal attraktiver als sie, und zwar nicht nur eleganter gekleidet und besser geschminkt, sondern überhaupt vitaler. Und um ihre Männer beneiden wir sie schon gleich gar nicht. (Vernichtend aber der Anblick eines schönen Paares, das erkenntlich schon älter ist, sowohl als Paar wie in seinen Einzelteilen ... nein, nicht nur vernichtend, auch tröstlich.)

Nichts ist an diesen Frauen.

Wir werden nie einen Mann finden.

Theoretisch könnten wir in unsere eigene Vergangenheit blicken, denn selbstverständlich waren auch wir einmal Teil eines Paares und nicht nur eines, sondern bei mehreren Paaren gaben wir den weiblichen Teil ab. Bloß ist irgendwann die Kette abgerissen, denn wir sind nicht so unselbständig und haben auch nicht solche Angst vor dem Alleinsein, daß wir uns erst trennen, wenn schon der nächste vor der Tür steht. Wir haben uns schon vorher getrennt. Seither stand keiner mehr vor unserer Tür. Waren wir also damals anders als heute? Natürlich. Dümmer und unreifer zum Beispiel. Daran wollen wir uns lieber nicht erinnern.

Meistens brauchen wir keinen Trost. Wir stehen im Leben. Wir verdienen unser Geld alleine und können uns gar nicht vorstellen, von nicht selbst verdientem Geld zu leben. Manchmal kochen wir mittags und denken dabei, daß wir jetzt für die Kinder kochen würden, die bald aus der Schule kämen, wenn wir vor zehn bis fünfzehn Jahren welche gekriegt hätten, mit dem passenden Mann dazu selbstverständlich. (Mit Vorsatz alleinerziehende Mutter zu werden, fanden wir schon immer so dumm, daß wir darüber nie nachgedacht haben.) Bloß haben wir keine Kinder; wenn uns das wieder einfällt, schlucken wir, heulen aber nicht, denn wir haben ja zu tun. Wir bereiten das Essen vor. Wir essen zuviel. Oder wir kochen nicht und essen zuwenig.

Wenn der letzte Geschlechtsverkehr mit dem letzten Geliebten weniger als ein halbes Jahr zurückliegt, dann sind wir schon ein bißchen verzweifelt, weil wir noch eine Ahnung von diesem anderen Leben haben, diesem Leben mit Anschluß an die Männerwelt und das geschlechtliche Begehren, und darum noch ungefähr wissen, wonach wir uns eigentlich sehnen. So fürchten wir den Gedanken, daß es vielleicht nie wieder zu einer anderen geschlechtlichen Begegnung kommen wird, daß wir vielleicht nie wieder einen Mann treffen werden, der uns gefällt. Wir finden ja als Bettgefährten nicht einmal einen, der uns nicht gefällt. (Allerdings bemühen wir uns auch nicht, so einen zu finden, weil wir aus Erfahrung wissen, daß es sich bei solchen Begegnungen um glückliche Zufälle handeln muß; und die sind selten. Vielleicht reicht die Anziehung bloß für zwei Wochen, vielleicht bloß für eine Nacht, aber ohne sie geht es nicht. Ist ja klar.) (In Aufreißkneipen sind wir noch nie gegangen. Unsere Qualitäten sind zu vielfältig, als daß sie in Schummerlicht oder bei lauter Musik auch nur annähernd zu erkennen wären.)

Wenn der letzte Geschlechtsverkehr über ein Jahr zurückliegt, sind wir nicht mehr verzweifelt deswegen. Dann haben wir uns aus diesem Spiel ausgeklinkt. Bilden wir uns wenigstens ein. Die gelegentlichen Anfälle von Verliebtheit sind bloße Spielerei, die Männer, die es trifft, sowieso alle verheiratet, und an Ehebrüchen beteiligen wir uns nicht, weil wir dabei immer den kürzeren ziehen. (Auch das wissen wir aus Erfahrung.)

Bei jeder Party lernen wir tolle alleinstehende Frauen kennen und langweilige gebundene Männer. Wenn wir doch einmal einen nichtgebundenen Mann kennenlernen, ist er auf ganz ekelhafte Weise verrückt. Damit wollen wir nun wirklich nichts zu tun haben. Manche von uns einsamen Frauen sind allerdings auch ziemlich verrückt. Wir fragen uns, wie das überhaupt geht, daß Männer und Frauen zusammenkommen.

Wie wir uns einen attraktiven Mann vorstellen, wissen wir genau. Wir kennen den Typ, auf den wir stehen (klein und dunkel), seinen Beruf (irgend etwas Freiberufliches, aber bloß nicht in der Werbung, vielleicht Ingenieur, gerne auch Künstler, aber bloß kein Autodidakt), seine Hobbys (Kochen und Putzen), seine Charaktereigenschaften (uneitel, sozial kompetent, sensibel, mutig sowie aufmerksam, rücksichtsvoll, diszipliniert) und seinen Intelligenzquotienten (153, also knapp unter unserem).

Ja, das wissen wir alles ganz genau, aber wir interessieren uns aufgrund praktischer Überlegungen erst einmal auch für alle anderen. Im Internet muß man möglichst spezifisch suchen, auf dem Liebesmarkt aber muß man sich erst einmal alles zeigen lassen, denn womöglich ist der Mann, den wir suchen, in Wirklichkeit ganz anders, gar nicht klein, sondern groß, gar nicht selbständig, sondern Beamter, das weiß man ja erst, wenn man ihn gefunden hat. Leider lassen die Männer das aber nicht zu, daß wir uns für sie interessieren. Sie schauen uns nämlich nicht an.

Es schauen uns keine Männer an! Das macht uns jeden Tag aufs neue fassungslos: Die Männer schauen uns nicht an! Meistens verstehen wir die Welt nicht. Was ist bloß los mit denen? Haben die vergessen, daß sie Männchen sind und permanent auf der Suche nach Fortpflanzungsmöglichkeiten? Dabei hämmern uns die Biologen via Illustrierte und Wissenschaftsbeilagen in Tageszeitungen doch seit Jahren ein, daß das Weibchen einen möglichst kräftigen und gutverdienenden Mann auswählt, damit der Nachwuchs den Unbilden des Lebens körperlich wie finanziell gewachsen ist, während das Männchen seinen Schwanz überall reinsteckt. Wir merken davon allerdings nichts. Wenn uns einer aus Versehen doch einmal angeschaut hat, senkt er sofort betreten den Blick, als ob es ihm peinlich wäre, daß er sich wie ein Männchen benommen hat und wir das auch noch bemerkt haben. Trauen sie sich vielleicht nur heimlich, uns anzuschauen? Wahrzunehmen? Als gegengeschlechtlich zu registrieren? Nein, geflirtet wird hier, am südlichen Rand des Nordpols, eher nicht.

Wie wir uns nach Italien sehnen! Dort, so stellen wir uns vor, passieren laufend Dinge wie dieses: Wir laufen eine Straße entlang, ein Mann tritt aus einem Tor und sagt sofort, während wir an ihm vorbeigehen: »bella signora«, wobei es sich ganz offensichtlich um einen antrainierten Reflex handelt, denn so schnell konnte er unsere Schönheit eigentlich gar nicht erkannt haben. (Oder doch? Oder vielleicht doch? Ach, was-für-ein-Mann!) »Wenn eine Frau am Horizont auftaucht, sofort ein Kompliment machen«, so scheint der Italiener wirklich konditioniert zu sein, und es wäre gar kein Vorurteil! Wie auch immer: Wir stehen auf Womanizer und würden Bill Clinton sofort wieder wählen. Wir finden es beglückend, daß es Männer gibt, die Frauen toll finden, bloß weil sie Frauen sind. Natürlich gibt es solche Männer auch im deutschen Sprachraum, aber man findet sie nur schwer, denn das Verhältnis zwischen ihnen und den Frauen beträgt ungefähr 1:5000. Der Gerechtigkeit halber muß jedoch angemerkt werden, daß sich mindestens jeder zweite Mann selbst als ununterbrochen kopulationswillig und -bereit charakterisieren und darum sicher ein gewisses Interesse an Frauen für sich in Anspruch nehmen würde. Aber eben höchstens ein gewisses; der Wille zur Kopulation allein macht nicht charmant.

Wir wissen nicht, warum die Männer uns nicht anschauen. Haben sie Angst, sie müßten uns dann gleich heiraten? Oder haben sie generell Angst vor den Frauen? Möglicherweise liegt es aber daran, daß wir uns nicht wie ordentliche Weibchen benehmen. Ein Weibchen darf ein Männchen nämlich nicht begehrlich anschauen – auf gar keinen Fall! Es darf ein Männchen überhaupt nur von der Seite anschauen und muß den Blick sofort verschämt senken, wenn das Männchen ihn bemerkt. Das reizt das Männchen – zu weiteren

Blicken oder zum Weglaufen, eventuell auch zu einer Übersprungshandlung (auf die Uhr schauen, Einkaufstüte fallenlassen). Wenn das Weibchen jedoch durch offenen Blickkontakt zu erkennen gibt, daß es sich für das Männchen interessiert, dann müßte das Männchen es eigentlich sofort vergewaltigen oder so. Das tut es aber nicht, weil es so zivilisiert ist. Das Männchen senkt lieber beschämt den Blick und verhält sich damit wie ein Weibchen in noch nicht totzivilisierten Verhältnissen, benimmt sich also weibisch, wurde also vom Weibchen in dessen allein ihm von den Verhaltensforschern zugewiesene Rolle hineingedemütigt. An diesen Schemata haben auch Jahrhunderte der Aufklärung nichts ändern können.

Es ist kein Durchkommen. Kein Weg führt hinüber zu den Männern, kein Steg geht über unseren Weibersumpf, in dem wir uns immer viel zu erzählen haben, unter vier Augen, fernmündlich und schriftlich, per Brief, Fax oder E-mail. Solcherlei: »Heute hat mich ein Mann wahrgenommen! Ich bin auf dem Fahrrad an ihm vorbeigefahren, und er hat ›Whow!‹ gesagt.« (Die Antwort-E-mail hierauf lautet: »Wo ist das passiert? Meinst du, ich sollte auch einmal dort Fahrrad fahren?«) Oder solcherlei: »Letzten Samstag war's endlich so weit, dachte ich, aber Pustekuchen. Wir waren auf einer Party, und danach war ich alleine mit X, und es kam auch tatsächlich zu Handgreiflichkeiten, du verstehst, aber dann hat er keinen hochgekriegt, was ich natürlich außerordentlich frustrierend fand. Und dann sagt der doch tatsächlich, das läge daran, daß er mich nett fände, aber mehr nicht sein könne! (!!!) (!!!!!)

So etwas habe ich seit einem Vierteljahrhundert nicht mehr gehört! Es fehlte gerade noch, daß er mir anvertraute, er könne mit Frauen, mit denen er sich unterhalten kann, nicht vögeln oder so ähnlich. Ich dachte jedenfalls, daß es am Alkohol lag, daß er keinen hochgekriegt hat, aber in Wahrheit bin natürlich ich schuld daran, weil ich mich zu begehrlich und damit als kastrierende Frau benommen habe. Da hatte der genitale Mitarbeiter von X ja auch wirklich keine Chance. In Zukunft wird er mich wohl meiden. Na, Schwamm drüber. (Zur Hölle!)«

Weil ich keine einsamen Männer kenne, die sich bei mir über die Frauen beklagen würden (das fehlte gerade noch!), muß ich für ein Beispiel männlichen Klagens auf die Presse zurückgreifen. In einer Rezension eines Erzählbandes von Banana Yoshimoto, den der Rezensent nicht so toll findet, aber immerhin nicht ganz uninteressant, steht nämlich plötzlich: »Diese Japanerinnen wissen Männer noch zu schätzen. Da herrscht noch eine Liebe plus ein Begehren und eine Achtung.« Das hat mich doch sehr erstaunt. Wie ich mich auch sehr über das wunderte, was Wolfgang Pohrt schon 1980 geschrieben hat, mit politischer Botschaft: »Ich habe mich immer gefragt, wer den Frauen diesen Blödsinn eingeredet hat, die Männer seien zu männlich (...). Das aseptische Mittelstandsneutrum als Mann zu bezeichnen – welch galante Schmeichelei (...)! Aber alles umsonst, die Männer haben den Wink nicht verstanden. (...) Unter dem wachsenden Druck der Verhältnisse ist offenbar zertrümmert worden, was man für unzerstörbar gehalten hat: daß die Geschlechter nach einander verlangen. Die Frauen haben diesen Sachverhalt zuerst gespürt, und am Verspüren dieses Sachverhalts hätte sich die Erkenntnis entzünden können, daß die Verhältnisse dabei sind, selbst elementarste Lebensäußerungen zu liquidieren, die Menschen also wirklich bald nichts mehr zu verlieren haben als ihren Farbfernsehapparat.«

So scheinen die Männer von den Frauen genauso enttäuscht zu sein wie die Frauen von den Männern, von denen sie den Eindruck haben, daß sie die Frauen nicht zu schätzen wissen und sie weder lieben noch achten, geschweige denn begehren.

Exkurs über die Emanze

Aus eigenem Erleben wissen wir allerdings, daß manche Männer uns für Emanzen halten. Früher hätte man solche selbstbewußt im Leben stehenden Frauen wie uns einfach tüchtig oder patent oder Pfundsweiber genannt, heute indes geraten wir leicht in den Verdacht des Emanzentums. Dieser Verdacht aber verursacht manchen Männern denselben heiligen Schrecken, den früher bei Angehörigen stalinistischer Parteien die bloße Erwähnung des Trotzkismus auslöste. Wo einst junge Genossen vor dem Trotzkismus so eindringlich gewarnt wurden wie andere Jugendliche vielleicht vor der Drogensucht, ohne daß je gesagt wurde, was der Trotzkismus eigentlich ist (»eine besondere Form des Wahnsinns«, stellte ein einstiger junger Genosse in fortgeschrittenem Alter schließlich fest), da klemmen manche erwachsene Männer den Schwanz ein, wenn sie glauben, eine Emanze vor sich zu haben. Eine

Emanze kann aber schon sein, wer kleine Hilfeleistungen ablehnt, um den Männern die Gemütlichkeit nicht zu verderben, und sich zum Beispiel selber einen Stuhl aus der Küche holt. Die kleinen Hilfeleistungen werden aus ganz unemanzipierter, genuin weiblicher Sorge um das Wohlbefinden der Männer abgelehnt, und dann wird es uns genau umgekehrt vorgeworfen. Andererseits besteht das Emanzentum tatsächlich aus nichts anderem als der Zurückweisung von Ritterlichkeit: Als Emanze läßt man sich nicht in den Mantel helfen, bezahlt sein Essen immer selbst und reibt den Männern ständig unter die Nase, daß sie schon deswegen gar nichts zu sagen haben, weil sie Männer gleich Schweine sind.

Über dieses Stadium ist die Frauenbewegung allerdings lange hinaus. Frauen, die heute noch so agieren, sind einfach das weibliche Äquivalent zum Dumpfbackenmacker, der die Aversion gegen Emanzen am sichersten pflegt und lieber verhungert, als sich selber ein Brot zu schmieren, weil das doch Sache der Frauen ist. (Da fällt mir sofort mein Lieblingswitz ein. Er stammt aus Südafrika, beginnt als rassistischer Witz, endet aber als sexistischer: »How can you make a black man sweep the floor?« – »You can't. It's women's work.«)

Über weibliche wie männliche Dumpfbacken wollen wir gar nicht weiter nachdenken, die sollen selber sehen, wie sie mit ihrer intellektuellen Ausstattung durchs Leben kommen. Aber wir sensiblen, kultivierten, gebildeten, bewußten und was-nicht-alles Frauen, die wir nicht als Emanzen bezeichnet werden wollen, weil wir keine sind, und die nicht dumpfbackigen Männer – wie kommen wir zueinander? Wirklich gar nicht? Gibt es wirklich nichts Neues an der sogenannten »Geschlechterfront«? Solange es eine Front ist, mit der Frauenarmee auf der einen und dem Männerheer auf der anderen Seite, bewegt sich allerdings wirklich nichts. Der eigentliche Geschlechterkrieg wird auch nicht von Armeen in Schlachten, sondern von stolzen Kriegern im edlen Zweikampf entschieden. Nein, nicht entschieden, nie entschieden!, sondern täglich ausgefochten. Noch anders: Ich rede ja gar nicht vom Geschlechter-, sondern vom Liebeskrieg. Wir einsamen Frauen sind von diesem Krieg ausgeschlossen, das ist es, was uns kränkt. Wir sind ausgeschlossen und müssen leider draußenbleiben, als wäre der Liebeskrieg eine Metzgerei und wir unerzogene Hunde. Uns fehlt nichts als der Krieg. Für uns herrscht ewiger Friede.

Ewige Langeweile.

[10.2.95/1.7.2001] Im Oktober 1985 war ich nach einem Praktikum für zehn Tage in New York. Ich wohnte in einem sehr billigen Hotel an der 77. Straße West, nahe am Broadway. In meinem Zimmer klebte ein Zeitungsausschnitt an der Wand, der ein »Homeless Waif« überschriebenes Foto von Madonna zeigte. Darunter wurde berichtet, daß sich die Bewohner eines sehr teuren Apartmenthauses in New York dagegen verwahrt hatten, daß Madonna dort eine Wohnung bezieht.

In der »Village Voice« las ich auf der Seite mit den Gratisvergnügungen von einem Vortrag im germanistischen Institut an der Columbia-Universität. Worum es dabei ging, weiß ich nicht mehr genau, es hatte bestimmt etwas mit der Nazizeit zu tun. Zu dem Vortrag hatte sich eine Art akademische deutsche Gemeinde versammelt.

Nach dem Vortrag, an den ich mich überhaupt nicht erinnern kann, hockte man zwanglos herum. Ein sehr dicker alter Mann saß auf einem gepolsterten Hocker, an eine Säule gelehnt, mit dem unterhielt ich mich. Er stamme aus Prag, sagte er, und sei Heraldiker. Ich hatte von dieser Wissenschaft noch nie etwas gehört und bekam sofort eine kleine Einführung. Ich hörte diesem Mann sehr gerne zu. Zum einen gefiel mir sein tschechischer Akzent, zum anderen bemerkte ich seine Freude, mit einem jungen Mädchen (dreiundzwanzig wurde ich später in jenem Oktober), das gebannt an seinen Lippen hängt, zusammenzusitzen. Ich glaube, er wußte auch, daß ich das wußte.

Ich lerne also Heraldik, er hat junges Fleisch vor sich. Es prickelte. Er war begeistert und erklärte mir strahlend die Bedeutung verschiedener Wappentiere. Wir fühlten uns beide sehr wohl. Dann kam das böse Ende. Es kam in Gestalt der Leiterin der Veranstaltung, einer Frau von etwa fünfzig Jahren, die unser Zusammensein beendete, indem sie mit schriller Stimme und fröhlich unbekümmerter Klugscheißrigkeit die Situation benannte und dadurch zerstörte: »Immer die Jüngsten bei den Ältesten!« rief sie. Er fiel sofort in sich zusammen, was erschütternd anzusehen war. Ich habe diese Frau sofort gehaßt und habe genau begriffen, was geschehen war, Zerstörung durch Benennung, und mein alter Prager Professor tat mir sehr leid. Bloß war ich damals noch zu jung, um die Situation retten zu können, um dieser Kuh so ans Schienbein zu treten, wie sie es verdient hätte, und er, den man dabei erwischt hatte, auch im Alter noch Gelüste zu haben, konnte das erst recht nicht. Der Zauber war verflogen, es war plötzlich alles irgendwie peinlich, als hätte jemand bei einer Matratzenparty das Licht angemacht. Ich bin gleich gegangen.

[20. 7. 2001] Die Trends der ersten Jahreshälfte des Jahres 2001: Die Jeansjacke ist zurückgekehrt, sie wird von Männern und Frauen zwischen dreißig und fünfzig getragen, und zwar in allen Formen, ausgewaschen ebenso wie brandneu und dunkelblau. Die ewige Pubertät sei das natürlich, geben ihre Träger zu, vielleicht ist es aber nur das Äquivalent zur Sehnsucht nach formloser Uniform, die an manchen Schulen zur Ein-

führung von Sweatshirt-Uniformierung geführt hat. – Fotos in Zeitungen und Zeitschriften werden gerne gekippt, so daß sich bei geradem Draufsehen wilde Perspektiven ergeben. Hat man erst herausgefunden, wie das Foto richtigherum gehört, stellt man fest, daß es ein ganz gewöhnliches ist und nicht sehr aufregend. – Schlüssel hängt man sich an langen breiten Bändern um den Hals. In die Bänder sind Firmennamen eingewebt, unten ist ein Karabinerhaken dran. Eigentlich sind diese Bänder dafür gedacht, daß sich Fotografen den Belichtungsmesser oder Sportlehrer die Trillerpfeife um den Hals hängen können. – Viele Frauen tragen hochschwangere Bäuche nackt durch die Gegend.

[4. 10. 2001] Im Café sitzt ein Mann nicht leicht bestimmbaren Alters, vielleicht ist er fünfunddreißig, vielleicht aber auch achtundvierzig. Er trägt einen hellgrauen karierten Anzug, der aussieht, als würde er ihn immer tragen, und eine sehr dicke Brille. Er ist stark kurzsichtig. Auf dem Tisch vor ihm liegen mehrere kleine Notizbücher, die von ihm bearbeitet werden. Er schlägt sie auf, man sieht mit großer Schrift in schwarzer Tinte beschriebene Seiten, höchstens acht Zeilen pro kleiner Seite. Die meisten Seiten streicht er sorgfältig komplett durch. Das macht ein kratzendes Geräusch.

[8. 7. 2001] Am Abend eines heißen Sommertages wird im Hinterhof eines frisch sanierten Hauses in Berlin-Mitte, dessen Ladengeschäft eine Galerie geworden ist, im Anschluß an eine Vernissage ein Fest

gefeiert, das zugleich eine Überraschungsparty für die Künstlerin ist, die am selben Tag Geburtstag hat. Ein reicher Mann hat das Fest bezahlt, er trägt ein weißes Jackett zur dunkelblauen Hose und seine Haare in den Nacken gegelt. Er hat die Vierzig überschritten, seine Frau ebenfalls. Sie hat ihr langes blondes Haar toupiert, eine große Spange hält es im Nacken zusammen. Sie trägt ein weit ausgeschnittenes, knapp sitzendes Sommerkleid aus fliederfarbener Wildseide und bewegt sich sehr gemessen, vermutlich nicht nur, weil ihre rosafarbenen Schuhchen etwas anderes nicht zuließen, sondern auch, weil das alles ist, was sie zu tun hat: anwesend sein. Ihr Körper und seine Verhüllung gehören zur Dekoration.

Ein italienisches Lokal hat ein Büfett aufgebaut, das am Ende völlig leergegessen ist, weil viel mehr als die geplanten hundertfünfzig Gäste gekommen sind. Der Ort ist von der Straße aus zugänglich, das lockt die Billigesser an. Auch so wird Kunst subventioniert. An sechs Biertischen sitzen die Leute unter zwei großen weißen Sonnenschirmen, daneben stehen noch viele Leute herum, die keinen Sitzplatz gefunden haben. In der hinteren Ecke des Hofes singt Rachelina neapolitanische Lieder, begleitet von den »Macheronies«. Sie singt wunderbar und sieht dabei aus wie einem Fellini-Film entsprungen. In einem Lied schießt sie mit einer Spielzeugpistole; alle klatschen mit und haben gute Laune, finden Rachelina großartig und sind fröhlich angetrunken.

Das Publikum besteht aus der bekannten Vernissagenszene sowie ein paar reichen Leuten, ein paar

Freunden der Künstlerin, ein paar anderen Künstlern. An einer Hauswand steht noch ein Gerüst, darunter ein Mann und eine Frau, die vermutlich im Haus wohnen. Die Frau hat halblange krisselige Haare, trägt ein dünnes T-Shirt über billigen Jeans und starrt deutlich angewidert und mit zusammengepreßtem Mund die Leute an. Der Mann ist im selben Alter wie der Reiche, der das Fest bezahlt. Er trägt ein grobmaschiges weißes Netzunterhemd, eine sehr kurze gemusterte Baumwollhose, deren Bund mittels einer Kordel zu verstellen ist, und Sandalen. Auch seine Haare sind mit Gel verklebt wie die des reichen Mannes, aber sie sind viel kürzer und nicht dunkel-, sondern mausbraun, auch schlecht geschnitten. Er hat eine Sonnenbrille mit gelben Gläsern hineingeschoben. Er ist braun gebrannt, und sein ganzer Körper atmet Gewalt aus. Die dürfte das einzige Kommunikationsmittel sein, das er beherrscht. Er sieht aus, als hätte er schon mehr als einmal im Knast gesessen. In dieser Umgebung ist er so verunsichert, daß er gar nichts sagt. Er steht unter dem Gerüst, seinen vollen Teller hat er in Hüfthöhe auf eine Fensterbrüstung gestellt, er ißt im Stehen. Dabei wendet er sich von den anderen ab.

Der Mann und die Frau verschwinden gegen zehn Uhr. Die anderen bleiben. Etwa dort, wo die angewiderte Frau stand, vor dem Gerüst, steht nun eine andere. Die hat Geld und sonst nichts, wie man an ihrer Aufmachung erkennt: Sie trägt eine dünne weiße Leinenhose, darunter einen schwarzen Stringtangaslip, hat ein weißes Leinenjackett mit Stehkragen um die Schultern gelegt, darunter ist statt einer Bluse nur ein aus Goldbordüren geflochtener Brustbedecker. Sie hat einen flachen Bauch, dürfte Mitte vierzig sein, und ihre ebenfalls flachen Brüste hat sie mit einem goldenen Brotkorb gepanzert. An ihren Füßen sind sehr spitze, aus hellem und dunklem Leder geflochtene Pantoletten mit Pfennigabsätzen, auf ihrem Kopf rotgefärbte halblange Haare, die an den Kopf geklatscht und an den Spitzen ausgefranst sind. Ihr Lippenstift ist ein bißchen zu orange. Sie schaut selbstbewußt aus braunen Mäuseaugen unter ausgezupften, mit dem Stift nachgezogenen Augenbrauen in die Welt und raucht Zigarillos. Der dazugehörige Mann ist ebenfalls ganz in weißes Leinen gekleidet. Er geht auf die fünfzig zu, hat ein rotes Gesicht und einen feisten Körper. Seine gewellten weißblonden Haare sind zu einem Pferdeschwanz zusammengebunden. »Verlierer«, sagt einer der Künstler, »aber sie wissen es nicht.« Daß sie es nicht wissen, sieht man weniger an ihren selbstzufriedenen Gesichtern, sondern mehr an ihren Unfrisuren.

Um halb elf singt Rachelina ihr letztes Lied. Eine Viertelstunde später kommen ein Polizist und eine Polizistin, die wegen der nächtlichen Ruhestörung wer-weiß-wer gerufen hat, aber das Fest geht erst zu Ende, als um eins das Gewitter losbricht.

[31. 1. 2002] Aus Überdruß rückwärts vom Barhokker fallen und ungebremst mit dem Kopf, mit dem Hinterkopf zuerst auf den Steinfußboden knallen, das wär's doch.

[5. 12. 2001] Hinter den geschlossenen Augen das innere Auge öffnen und schließen; das innere Auge vor etwas verschließen, das man nicht träumen will.

[10. 7. 2001] Die Negierung des Triebes, die zu dieser schrecklichen, immer weiter zunehmenden Sterilität des realen Umgangs der Geschlechter miteinander führt, während es im fiktiven nur noch um das eine geht, einen sogar auf der Straße in einem fort nackte Frauen und immer wieder welche mit weit geöffneten Schenkeln anspringen, die Negierung des Triebes mag ein Ergebnis der Durchsetzung der Erkenntnisse der Psychoanalyse sein. Es scheint uncool, seine Triebgesteuertheit in Wirklichkeit zuzugeben. Genauso uncool scheint aber zu sein, nicht triebgesteuert zu sein. Schwer zu erklären. Vielleicht so: Alles andere als das blanke Ficken ist uncool. Fragt sich nur, wie es zu diesem überhaupt noch kommt.

[24. 7. 2001] Wenn die Hitze freundlich ist im Sommer, dann ist sie wie eine zweite Haut, umschließt einen fest, ohne zu schmerzen. Dann ist man vom Sommer ganz umfangen und kann ihm nicht entweichen, will es allerdings auch nicht. Das ist der Zustand, weswegen man den Sommer liebt.

[24. 7. 2001]
Singe den Zorn, o Göttin, des Peleiaden Achilleus,
Ihn, der entbrannt den Achaiern unnennbaren Jammer erregte
Und viel tapfere Seelen der Heldensöhne zum Ais

Sendete, aber sie selbst zum Raub darstellte den Hunden
Und dem Gevögel umher. So ward Zeus' Wille vollendet:
Seit dem Tag, als erst durch bitteren Zank sich entzweiten
Atreus' Sohn, der Herrscher des Volks, und der edle Achilleus.

Das Glück gibt es wirklich, es ereignet sich, wenn man seinen Körper ganz und gar ausfüllt und sich dabei leicht fühlt statt schwer und gar nichts im Kopf hat und die Welt glatt durch einen hindurchgeht, so daß man auch nicht »Verweile doch, du bist so schön!« denkt. Denn wenn man ihn festhalten wollte, den Augenblick, dann wäre er nicht so schön. Pures Sein, das ist das Glück von innen.

Von außen sieht es trotzdem so aus, wie man es, bevor man es selbst erlebt hat, höchstens für Kitschpostkarten gelten ließe, zum Beispiel so: Es ist ein warmer Sommerabend, es ist warm, und ein sacht kühler Wind kündigt die Nacht an. Man sitzt auf der aufgeschütteten Böschung neben einer Reitbahn in sandig weicher Erde zwischen hohen Gräsern. Um einen herum sind weite Wiesen, am Horizont von Bäumen begrenzt. Hinter einem geht gerade die Sonne unter, vor einem ist gerade, blaß und riesengroß, der fast volle Mond aufgegangen. Er hängt knapp über den Wipfeln, unter ihm starten in einem fort Flugzeuge, aber die hört man nicht, sie sind so klein wie Spatzen. Da sitzt man und schaut zu, wie auf der Reitbahn vor einem eine gesunde, sehr gut im Futter stehende Warmblutstute von einer freundlichen Frau mit leisen Kommandos ohne Peitscheneinsatz longiert wird. Oben sind über den Himmel ein paar Cirruswolken gehaucht, an den Rändern, über den Wipfeln färbt er sich langsam lila. Und das ist das Glück. (Nur ein Beispiel.)

(Ein anderes: am Ozean stehen, an einem besonders schönen Gestade, also am Pazifik in San Francisco. Rechts und links steigen in nicht allzugroßer Ferne grüne Berge aus dem Wasser auf. Schräg über einem steht die Sonne [es ist Nachmittag, man schaut hier nach Westen], von vorne bläst einem der Wind unermüdlich ins Gesicht [jedoch riecht er nicht immer gleichermaßen nach Salzwasser, der Geruch kommt in kleinen Böen], es schlagen die Wellen kräftig an, und eine jede sieht anders aus als die vorhergehende und anders auch als die, welche folgt. Meer und Wind sind so laut, daß man sonst nichts hört, weder die Spaziergänger noch die Männer auf ihren Skateboards, die sich von Drachen ziehen lassen; es ist, als hätte die Erde die Tür zu ihrem Maschinenraum geöffnet. Da ist ein Dröhnen im Untergrund; das Schlagen der Wellen, das Blasen des Windes liegen als eigene Geräusche darüber. Es ist so laut, so beruhigend, so unausweichlich, fast so schön wie der Tod.)

[12. 8. 2001] Durch das Gebären eines Kindes haben sie eindeutig bewiesen, welchem Geschlecht sie angehören, ihre Geschlechtlichkeit aber scheinen manche Frauen darüber vergessen zu haben. Ich meine die Erotik, ich meine, was zur Liebe, zum Trieb, zum Vor-

spiel gehört; zu dem, was vor der Empfängnis geschieht. Sie entblößen sich ohne jede Scham und stillen ihre Kinder in der Öffentlichkeit so selbstverständlich wie daheim. Ob sie an- oder ausgezogen sind, ist insofern von Belang, als im einen Fall ihre Brüste dem Kind zugänglich sind, im anderen nicht. Andere Menschen sind nicht mehr wichtig, die Zivilisation scheint abgeschafft. Oder die Kultur? Wie auch immer: Die Geburt ihres Kindes macht sie zu Barbaren.

[18. 7. 2001] Ein dreißig Jahre alter Mann, der seit einem Jahr mit keiner Frau mehr geschlafen hat, mit seiner Freundin nicht und auch mit sonst keiner Frau. Vor einem Jahr hat seine Freundin ihn »das letzte Mal gelassen«. Sie ist Masochistin, aber er will sie nicht hauen, und ohne Hauen will sie nicht. Seit vier Jahren sind sie liiert, sie teilen sich eine achtundvierzig Quadratmeter kleine Neubauwohnung. Er lebt von kleinen halblegalen Jobs, die nicht viel Geld einbringen, seine Freundin aber, die im öffentlichen Dienst arbeitet, ist »auch finanziell sehr nett« zu ihm. Sie seien sich sehr nah, sagt er.

[20. 8. 2001] In der Mittagshitze sirrt die Wiese, über die ich mit meinen Großeltern gehe. Als ich meine Großmutter frage, was da eigentlich alles Geräusche mache, sagt sie, die mir noch nie schwerhörig erschien, sie höre überhaupt keine Geräusche.

Altwerden bedeutet, sich nach innen zu wenden. Man hört immer schlechter, sieht immer schlechter, schmeckt immer schlechter. Man kann sich auch immer schlechter bewegen und muß darum genau überlegen, ob man zum Beispiel aufstehen soll oder nicht. Die Sinne schwinden einem, da versinkt die Welt. Warum auch nicht, wenn man soviel schon gesehen und gehört und erlebt hat?

Womöglich lebt man als alter Mensch in einer uferlosen Zeit. Meine Großmutter sagt, sie habe ihr Gefühl für Dauer verloren; sie wisse nicht mehr, ob etwas vor zwei Jahren stattgefunden hat oder vor fünf, ob sie ihren siebzigsten Geburtstag groß gefeiert hat oder ihren fünfundsiebzigsten.

Der junge Mensch geht hinaus, der alte kommt herein. Der junge muß etwas erleben, der alte kann etwas erzählen.

Aber wir, die wir weder alt noch jung sind, was ist mit uns? Durch uns geht die Welt geradeaus hindurch, während wir geradeaus durch sie hindurchgehen, während wir auf ihr gehen. Wir singen unser Lied von der Gegenwart, weil wir schon eine Vergangenheit kennen, ohne daß wir darum keine Zukunft mehr hätten. Die jungen Trampeltiere, die aus nichts als Gegenwart bestehen, hassen wir dabei herzlich.

[21. 8. 2001] Am Asenturm auf dem Gipfel des Ochsenkopfs, des zweithöchsten Berges des Fichtelgebirges, sind viele Schilder angebracht, auf denen, in Stein gehauen, viel über den Turm mitgeteilt wird, etwa: »Erbaut in Opfersinn und Heimatliebe 1922/1923 vom Fichtelgebirgsverein«. Letzterer ist wahrscheinlich auch für die wie ein Medaillon mitten auf dem Turm prangenden Verse verantwortlich: »Wetter und

Sturm / Trotzt der Asen-Turm / Tu's ihm gleich / Mein Deutsches Reich«. Die viele selbstreferentielle Schrift.

[21. 8. 2001] Autobahnraststätten sind in Deutschland die einzigen Orte, an denen sich wirklich ein Querschnitt durch die Gesellschaft versammelt. Besonders gelungen sind in dieser Hinsicht die von Mövenpick betriebenen Raststätten an der A9 zwischen Berlin und Hirschberg, denn hier treffen sich nicht nur alle, hier können sich auch alle wiederfinden und wohlfühlen. Die Bourgeois sind zufrieden mit der Qualität, die ihnen geboten wird, die Proleten sind froh, sich diese in Selbstbedienung zuführen zu können. Die hohen Preise nehmen sie als Tribut an die Lage des Lokals, in Raststätten ist nun einmal alles überteuert, den Bourgeois dagegen fallen die Preise gar nicht auf, weil sie an ähnliche sowieso gewöhnt sind. Eine gelungene Kombination aus McDonald's und Feinkost-Käfer sind diese Raststätten.

[1.3.1997] Bin ein Mägdelein klein, muß erzählen fein.

Wo die Bäume brennen, fliegen die Tauben gebraten uns ins Maul, da ist das Schlaraffenland, und die Leute dort sind so dick und aufgeblasen, daß sie nicht mehr sprechen können und auch laufen nicht mehr. Sie seufzen nur und stöhnen und japsen nach Luft. Manche hecheln gar. Ab und an fällt einer um, bei dem konnten die Streichholzbeine das volle Faß nicht mehr tragen. Die Beinchen knicken zusammen, das Faß schlägt hin und rollt von dannen, es verschwindet gleich auf Nimmerwiedersehen.

Der Tod ist kein Herr im Schlaraffenland, sondern eine Schlange ist er dort mit Zähnen voller Gift. Wo Milch und Honig fließen, da ist die Ewigkeit. Was sind die Herzen gebläht! Beim Kämmen kleben die Finger in den Haaren fest. Das kommt vom Honig, der über alles fließt, von der Milch, die in alles sickert. Kaum, daß man sich einmal waschen könnte. So läßt ein jeder seine Hände bei sich selbst. Keiner reicht zum andern hin. Keiner schlägt die Augen auf. Manchmal stoßen sie versehentlich aneinander, dann entschuldigen sie sich.

Bitte, entschuldigen Sie, ich habe Sie im Sturz berührt.

Das macht doch nichts, ich bin selbst auch fast gefallen.

Einen Moment habe ich mein Gewicht auf Sie gelegt.

Ich wollte es tragen einen Augenblick, doch dann wurden Sie mir zu schwer.

Bitte, entschuldigen Sie.

Bitte, entschuldigen Sie.

[2. 9. 2001] Einblick in ein anderes Wahnsystem gewährt Dr. Michael Angele, als er sagt, nur daß es Verschwörungstheorien gebe und jeder die lächerlich finde, heiße noch lange nicht, daß es nicht tatsächlich Verschwörungen gebe. Hoffentlich habe ich das jetzt richtig ausgedrückt. Verschwörungen und Verschwörungstheorien seien zweierlei, wollte er, glaube ich, sagen, das eine sei unabhängig vom anderen.

September 2001 in Chicago

4. September: Vor dem Abflug in Brüssel eine Stunde im Flugzeug sitzen, das noch aufgetankt werden muß. (Wenige Wochen später ist die Sabena endgültig pleite, noch vor der Swissair.) Vor jedem Sitz ist ein kleiner Bildschirm in die Lehne des Vordersitzes eingelassen, und aus den Lautsprechern tönt der Kaiserwalzer von Johann Strauß. Auf den Bildschirmen läuft ein im Dreivierteltakt geschnittener Film, in dem Tiere zu sehen sind, Uhren, Karussells, dann auch Menschen in Zeitrafferstraßenszenen: »Koyannisqatsi« für die kommerzielle Luftfahrt. Überhaupt stellt sich bei der kommerziellen Luftfahrt die Frage, wie man die Leute ruhig hält. Wie man sie dazu bringt, in einem fensterlosen Treppenhaus eine Treppe hinunterzusteigen, an deren Ausgang ein Bus mit offenen Türen wartet; in den einzusteigen und sich dann kreuz und quer über den Flughafen fahren zu lassen, bis man die Orientierung komplett verloren hat, um dann über eine überdachte Treppenleiter in eine Blechbüchse zu steigen und sich in einen engen Sitz zu quetschen. Draußen war die Luft noch frisch, drinnen kommt sie aus der Klimaanlage. Auf den paar Metern vom Bus zum Flugzeug atmet man zum letzten Mal für lange Zeit frische Luft.

Eine Woche später gewinnen diese Fragen natürlich völlig andere Dimensionen. Ist ja klar.

6./7., 9./11. September: Die Wolkenkratzer besitzen eine ganz anrührende Unschuld. Vollkommen statisch erhebt sich die Wolkenkratzerstadt vor einem, nur die Lichter gehen an und aus in den Gebäuden.

Einen Anblick reiner Erhabenheit bieten sie zur blauen Stunde. Im Vorüberfahren, vom Lakeshore Drive aus betrachtet, wird aus diesen riesigen Gebäuden ein Gebirgsmassiv. Sie sind überwältigend schön und wirken dabei zutiefst verletzlich. Nicht nur aus der Ferne, auch aus der Nähe sieht man nicht das Treiben in ihnen, sie sind immer unbeweglich und ruhig. Die Sonne bescheint sie, der Regen rinnt über sie, Nebelschwaden umhüllen sie, das ist alles, und all das kommt von außen.

Darum war der Angriff auf das World Trade Center so über die Maßen schrecklich. Denn es konnten die zwei Türme ja nichts, nichts, gar nichts tun, um sich zu wehren, konnten sich weder ducken noch Arme vors Gesicht heben, um die Schläge abzuwehren, sondern mußten es ruhig erdulden, was ihnen geschah, und der zweite Turm mußte regungslos einfach abwarten, nachdem der erste schon zerstört war, bis auch er gerammt wurde wie die Butter vom Messer.

In edler Einfalt, stiller Größe stehen sie da an diesem leuchtend blauen Morgen, und daß Menschen in diesen Gebäuden sind, nicht Hunderte, sondern Tausende, ist erst der zweite Gedanke. Er folgt erst nach einer Weile der Erschütterung über diese bodenlose Gemeinheit an den hilflosen Türmen. Erst nach einer Weile dämmerte mir, daß mit den Türmen Tausende von Menschen umgekommen sein müssen, erst dann verstand ich die CNN-Berichte, wonach das ganze Land in den Ausnahmezustand versetzt worden ist. Daß das Krieg sei, sagt dann auch der ein oder andere; als erster ein an diesem Tag in einem fort zitierter New

Yorker Polizist, der, noch vorsichtig, als »like in a war zone« die Stelle beschreibt, die alle Welt schon bald als »Ground Zero« kennt.

11. September: Den ganzen Vormittag auf den Fernseher neben der Balkontür starren und dabei immer wieder durch die Balkontür einen Kontrollblick auf den Sears Tower werfen, der sich draußen in den strahlend blauen Vormittag erhebt, bis vor kurzem das höchste Gebäude der Erde, höher als das World Trade Center sowieso. Das nächste Flugzeug erwarten und erst beruhigt sein, als das absolute Flugverbot über den USA schon mehrere Stunden in Kraft ist und im Fernsehen mitgeteilt wird, daß nunmehr alle Flugzeuge am Boden seien, »grounded«. Wenn sie durch Absturz heruntergekommen sind, heißt es »downed«.

18. September: In den Zeitungen sind jeden Tag ganze Seiten voll mit Nachrufen auf die Opfer des Terroranschlags. Dreißig Zeilen lange Geschichten, meist ist ein Foto dabei. So wird alles faßlich. Für die Deutschen dagegen wird es abstrakt bleiben.

Chicago, Herbst 2001, Frühjahr 2002
Fluß
Ein paar Schritte entfernt von der Anlegestelle der »First Lady« hängen kleine Lautsprecher an den Laternen. Edith Piaf singt aus ihnen heraus. Die Tische und Stühle am Ufer gehören zu »Cyrano's Bistro«, einem gelb und rot gestrichenen Blech-Container mit Theke vornedran. Der slowakische Student mit Visum für einen Sommer bringt erst die Speisekarte mit Grüßen von »Chef Didier« und dann dessen kleine Ge-

richte. »Tant qu'il y aura des jours, où on se dira ›je t'aime‹«, singt Edith Piaf, und der Chicago-River ist grün wie die Seine auf den schönsten Postkarten. Aber die Brücken, die ihn überspannen, sind aus Eisen und können hochgeklappt werden, und es schlafen keine Clochards darunter. Nicht, weil es keine gäbe, sondern weil keine Quais am Fluß entlangführen; die Häuser sind nah am Wasser gebaut.

Die »Allons-y« fährt vorüber. Auf der anderen Seite des Flusses steht das Equitable Building. Es wurde 1965 gebaut und steht an ziemlich genau der Stelle, an der ziemlich genau zweihundert Jahre vorher, 1779, der erste Einwohner Chicagos seine Hütte errichtet hatte. Er war Pelzhändler und hieß Jean Baptiste Point du Sable. Seine Haut war dunkel und Französisch seine Muttersprache.

Brücke

Von der Michigan-Brücke schaut man nach Norden in die »Magnificent Mile«. Links steht das weiße Zuckerbäcker-Wrigley-Building und rechts der Turm der »Chicago Tribune«, in den außen einzelne Steine aus Gebäuden von anderswo auf der Welt eingemauert sind. Dahinter werden die Läden immer teurer.

Auf der Brücke sitzt ein nicht mehr junger, ein vielmehr bald schon alter Mann und spielt mit richtigen Schlegeln auf einem umgedrehten weißen Plastikeimer, in dem vielleicht einmal Krautsalat transportiert wurde. Vielleicht auch Kartoffelsalat, jetzt ist der Eimer auf jeden Fall eine Trommel. In dem großen Karton, der vor dem Trommler steht, liegen einige Cents. Es weht ein großer Wind von überallher.

Dann schaut man nach Süden und sieht den nächsten Häuserblock von Menschen umgürtet. Vor dem mexikanischen Generalkonsulat stehen sie nach Visa an, mit denen sie aus- und wieder einreisen können. Jeden Tag sei die Schlange so lang, erzählen die Wartenden, egal, wann sie kämen.

Park

Im Grant-Park ist der Rasen frisch gemäht, das riecht wunderbar. Die vielen großen Zierapfelbäume stehen in einem streng rechtwinklig vom Rasen abgegrenzten Beet, unter ihnen der Boden ist rot von ihren Früchten. Die Oberleitungen der Vorstadtbahnlinie sirren, es zwitschern die Vöglein, von ferne rauscht der Verkehr, von ferne grüßt das weiße Amoco-Building, das jetzt Aon-Building heißt und nicht mehr in Carrara-Marmor, sondern in Granit gewandet ist.

Die Sonnenstrahlen scheinen geradeaus durch die gerade gezogenen Straßen, denn die Sonne geht soeben unter. Richtung Sonne, Richtung Stadt, sieht man das Eisengerüst der Hochbahn, von dem die Farbe abblättert und das sich in einer doppelten Kurve zur Wabash-Avenue und in die Loop hineinschraubt. Was man jedoch hört, ist der Vorstadtzug. Er fährt klingelnd unter der Brücke hindurch, während oben ein graues Eichhörnchen darüberhüpft.

Hier ist kein Mensch. Hier sind nur Gras und Beet und Zierapfelbaum. Aber am Sonntagnachmittag, saßen da nicht Männer und Frauen in eben diesem Gras und aßen Pizza, kaltes Huhn und Obst? Stand nicht neben ihnen eine kleine transportable Stereoanlage und spielte Tangomusik? Und tanzten nicht auf dem Asphalt daneben ein Mann und eine Frau zu dieser Musik? Doch, so war es. Zwar trugen sie Jeans und Turnschuhe, aber sie tanzten Tango, und ihre Beine umschlangen sich wie die von Liebenden.

Pfade

Die Bahnsteige der Hochbahn sind mit Holzbohlen belegt, denn in Chicago lebt man immer am Strand. Zwischen den Hochbahnstelzen fahren unten die Autos im Dunkel wie durch eine lange Höhle, immer geradeaus.

Wenn man oben in der Bahn sitzt, sieht man nicht, daß man hoch über der Erde dahinrattert, denn die Häuser stehen so nahe, daß man gleich durch die Fenster in sie hineinsteigen möchte. Ganz eng umschließt die Stadt ihre berühmte Bahn, sie hält sie fest in ihren Armen.

Die Vorortbahn heißt »Metra«, sie ist eine Frau. Die Bohlen des langen Stegs, der von der Station »Roosevelt« über viele rostige Gleise zum nächsten Gehsteig an der nächsten Straße führt, sind schrecklich alt. Sie sind so durchgetreten und abgefressen, daß man meint, die Station sei seit Jahren nicht mehr in Betrieb. Natürlich hat der Zug hier gehalten, aber womöglich nur für die Passagiere einer anderen Zeit. Bald wird renoviert, sagen die Leute, bald.

Sedimente

An der Ecke South Peoria und West 19th Street steht eine Kirche aus Backstein und viel Mörtel, vorne verkündet eine in Stein gehauene Frakturinschrift ihren Namen: »Ev. Lutherische ZionsKirche«. Die Fenster und Türen sind teils leere Höhlen, teils stecken noch die Rahmen alter Holztüren drin. Auf der anderen Straßenseite ist ein Basketballfeld aus Beton mit Zuschauertribünen, aber es spielt keiner. Vor der Kirche steht ein Bauzaun. Wenn man um die Ecke geht, sieht man, daß nur die Fassade noch steht, dahinter liegt der Keller frei.

Die Kirche an der 21. Straße sieht ganz genauso aus, nur daß sie noch in Betrieb ist und intakt. Sie heißt »Ev. Lutherische St. Matthäus Kirche«, und ein großes Plakat hängt an der Fassade herunter: »a la celebración del 130 Aniversario de la iglesia«, denn in Wirklichkeit wird hier in Pilsen ausschließlich Spanisch gesprochen.

An manchen Ecken liegen die Haustüren anderthalb Meter unter Straßenniveau, weil man, als vor hundert Jahren die Kanalisation nach Pilsen kam, keine Rücksicht auf die vorhandenen Häuser nahm. Darum stehen sie jetzt in tiefen Löchern, versunken wie die Zeit, von der sie künden.

Die Hauptstraße ist die 18. Straße. Dort steht in großen Buchstaben aus abwaschbarer Farbe »Congressman Guitierrez« auf einem Schaufenster, als wäre der ein Sonderangebot. Alle Waschsalons heißen »Lavanderia Pilsen«, und an eine Wand ist ein Gruß an den mexikanischen »Sr. Presidente Fox« gepinselt. »¡Si se pudo! Y se podra« steht darunter, das verstehe, wer will. Ein herrenloser Köter läuft zwischen den Autos hindurch quer über die Straße.

Wirtschaftsleben
An den Laternenmasten entlang der Canal Street hängen kleine Fahnen. »El nuevo mercado de la calle Maxwell«, steht darauf und darunter »Ciudad de Chicago« und »Richard M. Daley, alcalde«. Am Sonntag stehen hier unter großen Lkw-Planen kleine Plastiktische; an der Seite zur Marktgasse hin werden kleine runde Fladenbrote und Burritos und Eintöpfe hergestellt. Schräg gegenüber ertönt mexikanische Musik, schräg gegenüber amerikanischer Soul, schräg gegenüber Chicago-Blues. Die Musik tönt von fabrikfrischen CDs ebenso wie von Raubkopien. Zu kaufen gibt es außerdem: Süßigkeiten, deren Mindesthaltbarkeitsdatum vor genau zwei Monaten abgelaufen ist; DVDs in angestoßenen Hüllen; gebrauchte Schrauben und Werkzeuge; Fünf-Dollar-Sonnenbrillen in allen Farben, Formen und Größen; nicht mehr ganz frisches Obst kistenweise; handgestrickte peruanische Mützen und Handschuhe; Heiligenbilder mit aufgedruckten Gebeten für jede Gelegenheit und ein abgestoßenes Taschenbuch, in dessen Umschlag eine Vorbesitzerin mit dem Kugelschreiber in Großbuchstaben geritzt hat: »Naomi M., often called ›Pearl‹«.

Die erste Sprache ist Spanisch, die zweite, weit abgeschlagen, Englisch, doch Osteuropa meldet sich auch hier zurück. Ein Pole hält in der einen Hand ein Bündel Uhren, mit der anderen lädt er zum Stehenbleiben ein. Hinter ihm werden Maiskolben gebraten.

Wolkenkratzer

Draußen dämmert es, drinnen werden Martinis gereicht. Drunten liegt die Stadt: links der See (türkis), geradeaus die Hochhausversammlung (weiß, schwarz, grau), halbrechts, fast in der Ferne schon, der Sears Tower (einhundertzehn Stockwerke, schwarz).

Dann gehen die Lichter an. Gleich unter einem glitzert es diamanten, und bis zum Horizont streckt sich ein Teppich aus verwegen funkelndem Orange, wo sich tagsüber die flache weite Stadt unter Braun und Beige versteckt. Schnurgerade gezogene Linien strahlen in alle Richtungen ins Land hinaus, außer nach Osten. Denn dort liegt der See.

Blaugrün wird der See und dann dunkelblau, das Riesenrad an Navy Pier blinkt und blinkt und blinkt, wie wahnsinnig geworden. Dahinter ist kein Licht mehr. Der See ist schon schwarz, als die Kellnerin kommt und fragt, ob man noch Wünsche habe.

Wetter

Am Ende des Winters reibt das wenige Eis, das sich am Ufer des Sees gehalten hat, bei jedem Wellenschlag aneinander; das ist eine Art von Rauschen, als würde eine große Menge Zucker unregelmäßig eine Rutsche hinuntergeschüttet. Der Ufersteg, der am Abend so hell beleuchtet wird wie ein Fußballfeld, ist aus Beton, der hier und da etwas bröckelt. Tagsüber laufen dort kanadische Wildgänse herum und betteln die Passanten an.

Die Hochhäuser stehen so traulich beisammen. An kalten Tagen blasen sie große Rauchfahnen oben heraus, die der Wind sogleich verwirbelt und über den

Himmel verweht. Wie ein Dorf im Bilderbuch sieht Chicago dann aus. An anderen Tagen, wenn die Wolken so tief hängen, daß alle Häuser gleich hoch sind und dabei gar nicht besonders hoch, ist es gemütlich, unten durch die Stadt zu gehen, ganz heimelig ist es dann da unten im dunkel ausgepolsterten, weichen Höhlendunkel.

Wenn es aber stürmen will, werden die Menschen blind. Kleine Eispartikel werden ihnen mit solchen Geschwindigkeiten ins Gesicht geblasen, daß sie Schutzbrillen tragen müssen, um auf die Straße zu gehen. Wer sich an das vorgeschriebene Schönheitsideal hält, den weht es fort, aber viele Leute sind ja dick genug, um halbwegs am Boden zu bleiben. Auf einem der größten Umsteigeflughäfen der Welt können die Flugzeuge nicht starten, weil der Wind so weht. Ein hyperboräischer Wind, direkt aus der Arktis scheint er zu kommen. (Oder vom Paradiese her?)

In Amerika kann der Selbstverweis eine Feststellung sein, ist meist aber ein sachliches Lob: Das ist Amerika. Genau.

[1. 10. 2001] Der letzte Septembersamstagnachmittag, voller Sonne, unweit eines Eisstraßenverkaufs am Kreuzberg im Berliner Stadtteil Kreuzberg. Es ist so rührend: Da ist ein Mann Ende zwanzig, dem die streng kurzgeschorenen Haare schon dünn werden, der trägt zu einem einfachen dunkelblauen Rollkragenpullover ein Paar Bluejeans, deren Boden ihm in den Knien hängt, was ihm die Anmutung eines Zweijährigen verleiht. Er sieht aus wie ein grotesk überdimensioniertes zweijähriges Kind. Zwei Jahre sind weniger als zehn Prozent seines tatsächlichen Alters. Es ist so lächerlich, daß man heulen möchte. Es begleitet ihn, ihr und sein Fahrrad zusammenschließend, seine Freundin, in die er vor dem Weitergehen mit spitzen Lippen mehrmals hineinküßt, eine gleichaltrige Frau, die in billigen Turnschuhen geht, aber vielleicht sehen sie auch nur billig aus, um die Beine dehnt sich eine Perlonstrumpfhose, die Beine staken aus einem überknielangen, überweiten, aber steif abstehenden, also ebenfalls recht billig wirkenden Jeansrock heraus. Darüber trägt auch sie einen einfachen dunklen Pullover. Im ungeschminkten Gesicht, das kurze lockige Haare ohne erkenntliche Frisur umrahmen, steckt eine schwarze Zickenbrille, also ein Gestell mit unvorteilhaftem Schwung und dicker Fassung, die ihr nun voll-

ends die Erscheinung eines Französischlehrerin des Jahres 1957 verleiht. Die Erotik eines Matjesfilets ist ihr eigen, während seine erotische Ausstrahlung der eines von einem Hund eingespeichelten und dann liegengelassenen kurzen dicken Aststücks entspricht. Voilà, l'Allemagne à l'an deux mille et un. Gestern abend sagte jemand, die Nationalflagge der Deutschen sei das weiße Bettuch.

Dann spazieren zwei junge Männer vorbei, deren Jacken und Hosen jeweils gleichermaßen schlecht sitzen. Die eine Jacke ist eine Jeansjacke, die andere ein Jackett. Alles ist viel zu weit, gerade so, als gäbe es keine passenden Kleidergrößen zu kaufen, als hätten sie auch nicht absolute Normkonfektionsgrößen, als wolle man wenigstens in der persönlichen Ausstattung die DDR zurückholen, als glaube man, etwas versäumt zu haben, wenn man nicht in ihr gelebt hat, oder als sei es ein Verlust, daß man nun nie mehr in ihr wird leben können. Denn was anderes als Sehnsucht nach der DDR könnte das sein, diese Vorliebe für scheußliche Dinge und alles, was häßlich macht?

[3. 10. 2001] Über den Friedhof schlendern am Feiertag durch die tiefstehende, quer und golden strahlende Sonne ein Mann und eine Frau in der Mitte ihrer fünfziger Jahre. Vor manchen Gräbern bleiben sie stehen und kommentieren sie. Als würden sie sich im Möbelhaus über Couchgarnituren für ihr Wohnzimmer unterhalten. Aber sie sind auf der Suche nach einem Grabstein, wollen nicht den Livingroom möblieren, sondern den Raum, den sie als Tote einzunehmen gedenken.

[15. 10. 2001] Älterwerden ist in Wirklichkeit wunderbar. Man braucht keine Dinge mehr, um zu wissen, wohin man gehört, weil man an keinen speziellen Ort gehört, sondern auf die Welt. Manchmal, beim Gehen, gibt es eine Verbundenheit mit der Erde, daß man sofort sterben könnte und glücklich dazu. Die Füße treten jedesmal auf genau ihren Platz auf genau dieser Erde, auf der genau man selber lebt und dabei doch bloß ein winziges Tierchen unter Milliarden von gleichen ist.

Mehr braucht es nicht, mehr erwartet man nicht mehr, wenn man älter geworden ist, als daß man unbehelligt auf der Welt sein und sich als ein Teil von ihr fühlen darf. Umgekehrt schafft man es endlich, die Welt in Ruhe zu lassen. Man erwartet nicht mehr, daß einen irgendwer versteht, weil man schon froh ist, wenn man sich selber versteht. Und man wirft der Welt nicht mehr sein Elend vor die Füße und bildet sich ein, sie sei schuld daran oder könne irgend etwas daran ändern. Stille Tage im Erwachsensein, wie wunderbar.

[17. 10. 2001] Aus wieviel Fiktion das Leben besteht, wird einem klar, wenn man eine Steuererklärung zu erstellen versucht. Nicht, weil man betrügen wollte, gar nicht. Nur ist Buchhaltung eine Form von Metaphysik, auf die einen niemand vorbereitet hat.

[17. 10. 2001] Die Romantik der Deutschen sei es, die zwischen ihrer Realitätswahrnehmung und ihrem Handeln stehe, sagt Gustavo aus Argentinien. Das Ideal komme immer zuerst, das theoretische System

stehe immer vor dem Realen. Ja, ein idealistischer Exzeß sei immer unmenschlich, antwortet er mir, der mir vorher erzählt hat, wie ungefähr zwanzig Taxifahrer am Dortmunder Bahnhof es abgelehnt hätten, ihn und seine Frau zu befördern, weil ihre Tochter erst ein Jahr alt sei, sie aber nur Kindersitze für Kinder ab drei Jahren dabei hatten. Es mußte ein Taxi über Funk bestellt werden. Seine Tochter sei dann sofort aus dem Kindersitz gekrabbelt und die ganze Fahrt über im Auto herumgeturnt, was die Taxifahrerin wohlwollend lächelnd toleriert habe. Er lebe hier im surrealismo, sagt Gustavo. Früher habe er geglaubt, Kafka habe fiktive Geschichten geschrieben, jetzt wisse er es besser. Robert Gernhardt aber schreibt: »Kafka! Wallfahrtsziel aller Sinnhuber!«

[30. 10. 2001] Erst schlurft die eine der zwei eher jungen Frauen an der Imbißbude hinterm Tresen hin und her, läßt die Kippe zwischen den Lippen hängen, richtet an der Friteuse etwas, schiebt die Würste in der Fettpfanne herum, ist ein perfektes Bild Berliner Dienstleistungsunwilligkeit, dann legt sie die Kippe endlich weg. »Wer ist denn dranne?« fragt sie mürrisch die Wartenden. Dann richtet sie den bestellten Fleischspieß mit Zwiebeln her, nicht schnell, aber stetig und gründlich. Sie zieht den Holzspieß heraus, stäubt irgendwelches Pulver über die Fleischwürfel und dicken Zwiebelscheiben, spritzt irgendeine schwarze Sauce darüber, fragt laut »Brötchen dazu?«, läßt einen Schlag Zwiebeln auf den Teller gleiten, und als dann alles fertig ist und sie den Teller vor einen hinstellt, strahlt sie

plötzlich, sagt »Bitte sehr, die Dame« und ist von großem Liebreiz. Das vermag gelungene Arbeit aus dem Menschen zu machen. Freude macht sie dem Menschen, und freundlich wird er dabei.

[4. 11. 2001] Der eine Mann sagt, seine Friseurin heiße Annett und könne über neue deutsche Literatur sprechen. »Die hat meinen Kopf so interpretiert«, sagt der Mann und daß er gerne zum Friseur gehe. Der andere Mann sagt, daß auch vier Millimeter lange Haare noch eine richtige Frisur seien. Er habe das nur zufällig begriffen und erst spät, als sein Bartschneider einmal kaputt war und er sich beim Friseur die Haare auf vier Millimeter Länge schneiden lassen mußte. Nunmehr habe er einen richtigen Haarschnitt. Seine gute Freundin, deren blonde Lockenpracht bis zu den Hüften reicht, hört interessiert zu und lächelt.

[4. 11. 2001] Am Samstagabend spielen zwei Lehrlinge von VW Wolfsburg Tischtennis an der blauen Platte im Foyer der Internationalen Jugendbegegnungsstätte in Auschwitz. Auf einem Sessel daneben sitzt ein Mädchen, das seine Lehre bei VW in Zwickau macht. »Ihr macht ja gar keine Geräusche«, sagt sie, und die beiden versprechen, nach dem Einspielen ein Match Seles gegen Kurnikova zu spielen. Sie halten ihr Versprechen: Kurnikova macht vor dem Aufschlag ausgefeilte Sperenzchen, Seles quietscht bei jedem Schlag, und das Mädchen aus Zwickau gluckst vor Lachen und hört gar nicht mehr auf damit. Dann geht sie weg. Die beiden Lehrlinge sind noch eine Weile Seles

und Kurnikova, Seles stößt zwischen zwei Ballwechseln den großen hölzernen Vogel an, der an Gummibändern von der Decke hängt, damit er mit den Flügeln schlägt. Wenn er aufhört, wird er wieder angestoßen. Dann kommt eine Gruppe von Kollegen von draußen zur Tür herein und berichtet begeistert, wie groß und neu und sauber das Schwimmbad in Oświęcim sei.

Am Vormittag hatten die Lehrlinge in Birkenau gearbeitet. Dort legen sie in dem Bereich, wo die Baracken des Krankenbaus standen, einen völlig von Gras überwachsenen Weg frei. Als sie mit ihren silberfarbenen Kleinbussen ankamen, sprangen zwei Rehe durch die Gedenkstätte davon. Wenn man sich um die Reste nicht kümmern würde, wenn man die Natur ihr Werk tun ließe, dann würde Birkenau zum Idyll. Es habe hier das Gras schon einmal hüfthoch gestanden, und in den Tümpeln hätten die Frösche gequakt, erzählt einer der Betreuer, und daß es in der Nähe der Massengräber der sowjetischen Kriegsgefangenen eine Stelle gebe, wo Orchideen wüchsen, die sonst in Polen nirgends zu finden seien.

Die Lehrlinge aus Wolfsburg trugen hellgraue Latzhosen und Arbeitsjacken, die aus Zwickau weinrote und die polnischen Berufsschülerinnen, die aus der deutsch-deutschen Jugendbegegnung eine internationale machen, dunkelblaue Overalls. So erkannten sie sich untereinander. Wenn man vom Krematorium aus zu ihnen hinübersah, konnte man allerdings keine Farben mehr unterscheiden. Da waren sie einfach eine Gruppe junger Leute, die mit Hacken, Schaufeln und

Schubkarren gemeinsam bei der Arbeit war. Es wurde einem ganz warm ums Herz, sie waren so eifrig.

[7. 12. 2001] Auschwitz ist der Urgrund dieses Landes, auf Auschwitz läßt sich alles zurückführen, wegen Auschwitz zerfleischt dieses Land sich selbst, dabei ist es schön in Auschwitz, und zwar eben darum, weil es so schrecklich ist, weil es der Untergrund ist und der Grund, weswegen dieses Land sich selbst nicht erträgt. In Auschwitz ist es so schön, weil man in Auschwitz Ruhe hat vor Auschwitz. In Auschwitz ist Auschwitz keine Metapher, sondern wirklich. In Auschwitz muß man sich nicht auszumalen versuchen bzw. nicht versuchen, es sich nicht auszumalen, wie es in Auschwitz zuging, als das KZ in Betrieb war, sondern es gibt Leute, die dort gelebt haben und die einem alles erzählen können: die wirklich wissen, wie es dort war, und es wirklich selbst erlebt haben. Primo Levi sagt zwar, was Auschwitz wirklich war, könnten nur die Toten wissen, aber die Überlebenden vermitteln auch eine recht genaue Vorstellung davon. Der Überlebende vor Ort ist Kazimierz Smoleń, der von 1940 bis 1945 Häftling in Auschwitz war und seit 1955 in der dortigen Kommandantur lebt, erst als Museumsdirektor, jetzt als lebendes Lexikon. Er weiß alles über Auschwitz. Unablässig, jeden Tag von früh bis spät geht er durchs Stammlager und durch Birkenau und erklärt und erklärt und erklärt. Zu jeder beliebigen Stelle im Lager weiß er eine Geschichte, alle seine Geschichten sind schrecklich, aber eigentlich versucht er immer nur, den großen Zusammenhang zu erklären. Wie Auschwitz

funktioniert hat. Doch, es ist schon schön in Auschwitz. Für Herrn Smoleń natürlich eher nicht, aber der könnte andernorts auch immer nur an Auschwitz denken, da ist er lieber gleich dort – natürlich ist es nur für die Deutschen schön, das ist nach wie vor so. Nur für die Deutschen, die in Auschwitz ihre Ruhe vor Auschwitz haben.

[7. 12. 2001] Laudationes, geschöpft aus der Metaphern Fülle. Der erste Laudator erzählt mit hanseatischem Zungenschlag einen jüdischen Witz, dabei gestaltetes Sprechen vorführend, wie es sonst nur deutsche Schauspieler beherrschen, die nie spielen, sondern immer schauspielen, also immer beteuern, daß es jetzt nicht echt ist, was sie sagen und tun, sondern nur gespielt, nur »Kunst«. Dem nächsten Redner taugt, wo er sich nun schon dazu herabläßt, das Detail zu würdigen, dabei behauptend, anders ginge es ja gar nicht als so (das heißt übersetzt: kein anderer könne das so wie er), zum Vergleich immer nur das Allergrößte: Bibel, Renaissance, Caravaggio und so weiter. »Sie sprachen von der Genauigkeit der Schamhaarschilderung«, bezieht er sich dann doch auf seinen Vorredner, und zum Lobe der zu würdigenden Autorin sagt er, sie zeige »mit beispielhafter Anschaulichkeit den barbarischen Untergrund unserer Zivilisation«. Danach gibt es Häppchen. Die Reden und die Toasts (die fest eingeplant und mit genauer Zeitangabe im Programmablauf vermerkt waren) finden alle schlecht, ausgenommen die, die von Ausländern gehalten wurden. Im Sitzen essen darf nur die Vorstands-

etage, die anderen müssen stehen oder sich auf Sofas zusammenkrümeln.

[4. 12. 2001] Ehrgeizlosigkeit ist wie Kinderlosigkeit etwas, das einen fernhält von der Welt; ein Zeichen dafür, daß es keine Verbindung mit ihr, zu ihr gibt, kein Interesse am weltlichen Getriebe eben. Losgelöst, lose, Losigkeit in jeder Hinsicht.

[5. 12. 2001] Für manche Intellektuelle und Wissenschaftler ist ihre Bildung schon der ganze Inhalt, denn sie haben ihre Bildung nur um ihrer Bildung willen, weil sie mit ihrer Bildung ihren Lebensunterhalt bestreiten und daraus auch ihre Lebensberechtigung ableiten. Mit ihrer Bildung geben sie schriftlich an.

Künstler dagegen (alle Arten von Künstlern) haben, wie Nichtkünstler, ihre Bildung außerdem, das heißt, zusätzlich zu ihrer Begabung (mit der sie angeben könnten, wenn die Unbegabten in der Lage wären, das zu verstehen). Für Künstler ist, wenn sie eine haben, ihre Bildung kein Selbstzweck, denn sie bildeten sich nicht um der Bildung willen, sondern um die Welt auszuhalten und nicht zu verrecken. Dann benutzen sie ihre Bildung, um etwas Richtiges zu machen. Und wenn sie ungebildet sind, machen sie trotzdem noch etwas Richtiges.

[30. 12. 2001] Es gibt Leute, die alles erklären. Immerzu erklären sie einem alles und erklären dabei natürlich in erster Linie, daß sie glauben, alles erklären zu können, daß die Welt für sie keine Geheimnisse birgt.

In der Regel sind solche Alleserklärer durch eine wasserdichte Ideologie fürs Alleserklären gerüstet, am besten eine möglichst irrationale. Sie sind zum Beispiel im Hauptberuf esoterische Heilpraktikerin und beschwören dabei Geister, von deren Existenz man bis dahin noch nicht einmal etwas geahnt hat. Andere Alleserklärer wiederum haben einfach eine Bildungsneurose. Mit ihnen ist kein Gespräch möglich, weil sie jedes Thema durch eine endgültige Erklärung beenden, kaum daß es aufgekommen ist.

[30. 12. 2001] Einsamkeit macht dumm, weil eine Überprüfung des eigenen Weltbildes so schwer möglich ist, wenn keiner ernsthaft mit einem redet. Daher kommen dann die Schrullen, aber mehr noch kommen die vom Ungeliebtsein. Wer ungeliebt ist, hat Schrullen statt liebenswerter Eigenheiten. Die heißen heutzutage allerdings Defekte oder Defizite, aber die Bezeichnung ist egal: Es wird in der Beziehung gemeinsam daran gearbeitet, sie zu überwinden. Wer allein ist, dem werden seine Defekte, Defizite oder Eigenheiten jedoch nicht durch Liebe abgefedert (denn wenn keiner da ist, der sie lieben will, dann sind sie auch nicht liebenswert), sondern als Schrullen vorgehalten, wodurch die Leute ferngehalten werden, denn Schrullen sind anstrengend. So bleibt man allein, wird immer schrulliger und am Ende unerträglich.

[22. 1. 2002] Eine Frau mit einer Frisur wie drei Gummireifen übereinander (blond): auftoupierter Pony, aufgeplustertes Haupthaar, springbrunnenfallend an-

gespraytes Resthaar darüber. Dazu ein Kostumkrägelchen aus Leopardenfellimitat.

[15. 2. 2002] Am allerhäßlichsten ist man natürlich an Autobahnraststätten, am zweithäßlichsten aber in Elektro-Kaufhäusern, also in solchen Läden, wo es von Musik-CDs über Fotoausrüstungen bis zu kompletten Computern alles zu kaufen gibt, was man nur mit Steckdose benutzen kann. Sogar in Umkleidekabinen ist man weniger häßlich als dort.

[2. 4. 2002] Zwei Flugzeuge haben den blauen Himmel durchgestrichen. Der Wind radiert ihre Striche aus, und der Himmel dehnt sich wieder im Blau, makellosen Blau, im himmlischen Himmelblau.

[16. 6. 2002] Gartenlokal in Kreuzberg. Ein Mann, der einen silbernen Koffer trägt, kommt mit seinem ungefähr sieben Jahre alten Sohn in den kleinen Biergarten. »Jetzt such mal aus, wo wir sitzen sollen«, sagt er zu seinem Sohn. Der Sohn steht mit leicht gesenktem Kopf da. Er ist sehr blaß. Die Kapuze seines blauen Sweatshirts hat er über den Kopf gezogen. In der Hand hält er drei kleine rote Luftballons. Der Vater macht einen Schritt zu einem Tisch hin und sagt: »Der Platz ist doch gut, oder?« Dann setzt er sich an der Kopfseite auf einen Stuhl, der Sohn setzt sich übers Eck auf die Bank. Der Vater hält eine nicht entzündete Zigarette in der Hand. Er beugt sich zu seinem Sohn hinüber. »Ich wollte dir nämlich noch ein Küßchen geben«, sagt er, sich mit seinem Gesicht dem des Sohnes nähernd. Der

senkt den Kopf noch weiter. Der Vater verharrt kurz in der vorgebeugten Haltung, dann zündet er seine Zigarette an. Nun stößt die Mutter hinzu. Sie setzt sich neben den Sohn. Der Vater geht weg, er müsse seinen Koffer ins Auto bringen, sagt er. Die Mutter fragt den Sohn: »Wollen wir erst die Pfoten waschen oder erst etwas zum Essen aussuchen?« Der Vater ist wieder da. Die Mutter sagt: »Wir gehen mal die Pfoten waschen.« Der Sohn legt seine Luftballons auf den Tisch und bedeutet dem Vater, er solle darauf aufpassen. Der tut so, als würde er mit seiner brennenden Zigarette hineinstechen. »Mitten hinein, ja?« fragt er. Der Sohn reagiert nicht. Dann sitzen sie da und warten aufs Essen. Der Sohn steht auf. Er geht um den Tisch herum, und steht dann, mit den Luftballons in der Hand, hinter einem Stuhl auf der anderen Seite des Tisches seiner Mutter gegenüber und erzählt ihr etwas. Die Mutter schaut ihn regungslos an. Dann hält sie ihr Mobiltelefon ans Ohr, der Sohn verstummt sofort. Die Mutter steht auf und geht weg. Mit gesenktem Kopf bleibt der Sohn stehen, wo er stand. Der Vater schaut ihn prüfend an. Der Sohn starrt auf den Tisch, blaß und stumm.

[17. 4. 2002] Mit Vierzig würde das Leben wieder richtig gut, sagt der sechsundsiebzigjährige, sehr vitale blinde Mann, der sich gerade auf seinen neuen Computer freut. In seinen dreißiger Jahren müsse sich der Mensch an die Schwachstellen seines Körpers gewöhnen, der in den zwanziger Jahren ziemlich tadellos funktioniert, egal, wie sehr man ihn malträtiert. In den

dreißiger Jahren lerne man praktisch seinen Körper erst wirklich kennen, da lerne man, wie er worauf reagiert, welches Essen er verträgt und welches Wetter, welche Bewegungen ihm guttun und daß gar keine Bewegung ihm gar nicht guttut. Und so weiter. Mit Vierzig wird es also endlich richtig gut. Talk to you later.

Eine afrikanische Schriftstellerin beklagt sich im BBC World Service über die englische Sprache, in der sie zwar schreibt, in der aber das Wort »schwarz« immer etwas Schlechtes bedeute. Deutsch und Englisch sind sich da sehr ähnlich, und Beispiele finden sich genug: schwarzmalen, schwarzer Freitag, schwarze Magie, schwarzer Tod ... Es gibt aber auch Begriffe mit unentschiedener Bedeutung, zum Beispiel schwarzes Schaf. Und dann gibt es Begriffe, bei denen das Schwarze etwas Positives bezeichnet: schwarze Zahlen, schwarzer Humor, schwarz auf weiß.

[22.4./12.5.2002] Als es die Sowjetunion noch gab, konnte Philip Roth sagen, daß dort nichts gehe und alles voller Bedeutung sei (»nothing goes but everything matters«), während in den USA alles gehe und nichts Bedeutung habe (»anything goes but nothing matters«).

Vielleicht ist die Bedeutungslosigkeit der Schlüssel zur Popularität amerikanischer »popular culture« außerhalb Amerikas. Sie ist leicht zugänglich, scheint keine Vorbildung zu verlangen und nimmt einen gefangen, bevor sie einen unbeschädigt aus dem Kino entläßt. Man hat sich die Zeit angenehm vertrieben und kann ein Bier trinken gehen. Allerdings beschäftigen sich solche Filmen nicht mit der conditio humana, sondern mit der conditio americana. Die außerhalb Amerikas ohne Bedeutung ist.

Der Aufenthalt in amerikanischer Unterhaltungskunst ist wie der Aufenthalt in einer Fremdsprache, die man halbwegs beherrscht. Bei der Musik versteht man immer nur höchstens die Hälfte, und im Kino aufgrund der Untertitelung oder Synchronisierung zwar die Wörter, aber nur mit dem Intellekt, nicht mit dem Herzen. Was sie bedeuten, begreift man nicht. Für uns jedenfalls bedeuten sie nichts, für Amerikaner aber sind sie grundlegend wichtig. Amischinken sind für Amis keine Amischinken, sondern die Wahrheit. Wenn also im Amischinken am Ende alle Amerika sowie ihre Familie lieben und den lieben Gott sowieso, dann ist das für unsereinen Kitsch, für Amerikaner aber ganz normal, wenn nicht todernst. Nicht nur nehmen sie das wirklich ernst, sondern sie reden auch im wirklichen Leben so, denn Hollywood ist die Stadt der Rhapsoden. Dort werden keine Mythen produziert, sondern es wird dort die Wirklichkeit verarbeitet, erläutert und erträglich gemacht. Das funktioniert, weil Amerika ein junges Land ist und ein bewußt gegründetes. Und für Millionen in aller Welt nach wie vor ein Versprechen. Wer aber nicht nach Amerika auswandern will, denkt im Kino, daß das halt wieder so ein Amischinken ist. »Amischinken« bedeutet »muß nicht ernstgenommen werden, weil es gar nicht ernstgenommen werden kann; ist bedeutungslos«. Darum schauen sich Nichtamerikaner so gerne Amischinken an: weil sie für sie bedeutungslos sind.

(Natürlich gibt es auch Amerikaner, die das so sehen wie Nichtamerikaner, siehe Philip Roth, und natürlich werden in den USA auch Filme gemacht, die nicht bedeutungslos und außerhalb Amerikas dann oft erfolgreicher sind als dort. Die Paradebeispiele hierfür sind Martin Scorsese und Woody Allen. Deren Filme handeln zwar von Amerika, aber nicht von der conditio americana, sondern von der des Menschen.)

[29./30. 4. 2002] Der Erdball wird Tag und Nacht umrundet von Flugzeugen voller schlafender Menschen. Eine Atmosphäre wie im Sanatorium herrscht darin, mit Stewardessen als idealen Krankenschwestern. Schlafende Körper werden zu jeder erdenklichen Tages- und Nachtzeit in großen Blechbüchsen um die Erde herum transportiert. Ein Teil der Erdbevölkerung ist ständig in die Luft ausgelagert.

Gespräche während des Verliebtseins

»Also, ich finde«, sagt Freund B., »daß Frauen durchaus auch einmal die Initiative ergreifen können. Ich fände es eigentlich sogar toll, wenn sie es mal täten.« – »Nein«, sagt die in jemand anderen verliebte Freundin, »nein. Frauen dürfen das nicht. Die Männer ziehen dann nämlich sofort den Schwanz ein. Weibliches Begehren löscht männliches Begehren, das ist die Katastrophe.« – »So ein Quatsch«, sagt der Freund, »wer sagt denn sowas?« – »Kluge Frauen, vom Leben kluggeprügelte Frauen sagen sowas.« – »Blödsinn«, sagt der Freund und beginnt erst zu schmunzeln, dann zu raunen: »Ich erinnere mich zum Beispiel sehr gerne daran, wie mir einmal diese Frau in der Disco ins Ohrläppchen gebissen hat.« – »Ins Ohrläppchen gebissen!« kreischt sofort die verliebte Freundin, »ins Ohrläppchen gebissen! Das ist doch gar nichts!« – »So«, sagt, etwas beleidigt, der Freund und schmunzelt nicht mehr. »Ich spreche von weiblichem Begehren«, kreischt die Freundin weiter, »und das umfaßt alles! Das bedeutet bedingungslose, absolute, allumfassende Liebe! In jeder Form und sofort! Also sofort vögeln, bis man blöd wird, und dabei zugleich total, also bedingungslos, absolut und allumfassend auf die Zukunft gerichtet sein, auf Nestbauen, Kinderkriegen, Altwerden, auf alles! Sofort! Alles, alles, alles!« – »Schrei nicht so«, sagt der Freund. – »Und«, schreit die

Freundin weiter, »wenn man das nicht verbergen kann, dieses totale Begehren, dann wird das nichts mit den Männern! Schau mich doch an!« – »Hm«, macht der Freund. Dann sagt er: »Ach so.« – »Und verbergen kann man es natürlich nicht«, sagt die Freundin. »Die merken das immer sofort.« – »Ja«, sagt der Freund, »das glaube ich bestimmt, daß du das nicht verbergen kannst.« – »Ja«, sagt die Freundin, »und daran gehe ich zugrunde.« Dann sagen beide nichts. Schließlich sagt der Freund: »Jetzt erinnere ich mich an diese Frau, die in mich verliebt war und immer davon sprach, daß wir fünf Kinder zusammen haben sollten.« – »Und?« fragt die Freundin. – »Hm«, macht der Freund.

»Wie geht's mit dem Liebesprojekt voran?« fragt Freund O. und schaut von seiner Arbeit auf. »Geht nicht voran«, antwortet die verliebte Freundin, »aber ich habe die Hoffnung noch nicht aufgegeben.« – »Das hast du vor drei Wochen auch schon gesagt«, sagt der Freund. – »Ja«, sagt die Freundin. – »Wie lange geht das jetzt überhaupt schon?« fragt der Freund. – »Seit über zwei Monaten«, sagt sofort die Freundin. – »Ja, aber«, sagt der Freund, »was ist denn mit dem Typen los? Will der nicht oder was? Ich meine, als normaler triebgesteuerter Mensch ...« – »Der ist nicht triebgesteuert«, sagt sofort die Freundin. – »Ja, aber«, sagt wieder der Freund und weiß dann nicht weiter. – »Ja, der ist schon komisch«, sagt die Freundin, um ihn zu trösten, »aber ich habe mich halt echt verliebt in den.« – »Wenn ich den nur ein bißchen besser kennen würde ...«, sagt der Freund. – »Dann würdest du mal mit ihm reden?« fragt die Freundin. – »Allerdings«, sagt der Freund. Die Freundin schweigt und ist froh, daß der Freund den Mann, in den sie verliebt ist, nicht besser kennt. Gleichzeitig ist sie gerührt. Dann sagt sie: »Lieber nicht.« – »Na gut«, brummt der Freund und wendet sich wieder seiner Arbeit zu.

»Verliebtsein ist besser als Krebs«, sagt Freund B. – »Ja, da hast du recht«, sagt die verliebte Freundin und fährt fort: »Da fällt mir dieser Woody-Allen-Film ein, wo der sich immer Nutten bestellt, und dann fragt er sie, warum sie das eigentlich machen, und die sagen dann, ist doch besser als Kellnern, und er sagt, alle würden sagen, das sei doch besser als Kellnern, und er verstehe gar nicht, was alle gegens Kellnern hätten.« – »Na, ist doch klar«, sagt der Freund, »Kellnern wird beschissen bezahlt, und die Arbeitszeiten sind auch Scheiße. Eigentlich wollte ich nicht sagen, Verliebtsein ist besser als Krebs, sondern: unglücklich Verliebtsein ist besser als Krebs.« – »Das stimmt nicht«, sagt die Freundin, »ich finde Krebs besser als unglücklich Verliebtsein. Da weiß man wenigstens, daß man bald stirbt, aber wenn man unglücklich verliebt ist, weiß man nicht, wie lange man das noch aushalten muß.« – »An Krebs stirbt man nicht unbedingt«, sagt der Freund, »lies mal das Buch von Lance Armstrong, das ist wirklich beeindruckend.« – »Kann sein, man stirbt nicht«, sagt die Freundin, »meine Nachbarin hat auch gerade den Brustkrebs überlebt. Ich dachte mehr an Lungenkrebs.« – »Aber du rauchst doch nicht mehr.« – »Aber trotzdem.« – »Wenn man Krebs hat und die

Chemo macht«, sagt der Freund, »dann möchten manche auch gern sterben.« – »Ach, weil das so schrecklich ist?« fragt die Freundin. – »Ja, absolut grauenvoll. Wußtest du, daß Deleuze sich umgebracht hat, weil er das Kranksein nicht mehr ausgehalten hat?« fragt der Freund. – »Ja, wußte ich«, sagt die Freundin und fragt: »Habe ich eigentlich gesagt, daß ich unglücklich verliebt bin?« – »Nee«, sagt der Freund, »eigentlich nicht.« – »Eigentlich bin ich nämlich gar nicht unglücklich«, sagt die Freundin, »es ist nur alles so ungewiß.« – »Ja«, sagt der Freund. Beide schweigen einen Moment. Dann sagt der Freund: »Du wirst ihn schon glücklich machen am Ende.« Jetzt ist wieder eine kleine Pause. »Ja«, sagt die Freundin, »das glaube ich auch. Aber ob auch er mich glücklich machen wird?«

»Wenn es so ist, wie du es mir schilderst, dann würde ich sagen: Laß die Finger von ihm«, sagt Freund R. – »Du solltest noch dazusagen: Und das sage ich dir als Freund«, sagt die verliebte Freundin. – »Laß die Finger von ihm«, sagt darauf der Freund, »und das sage ich dir als Freund«. – »Meine Freundin S. hat gesagt, ich solle nicht aufgeben«, sagt die Freundin, »man könne mit Zwangsneurotikern manchmal schöne Ergebnisse erzielen.« – »Aha«, sagt der Freund. »Ja«, sagt die Freundin. – »Na, da schau her«, sagt der Freund. Sie schauen sich an. Dann sagt die Freundin: »Ja, ja, ja. Auf jeden Fall weiß sie, was ich gerne hören will.« Der Freund nickt: »Ja, das stimmt«, sagt er.

»Wenn ich bei Sinnen wäre«, sagt die verliebte Freundin zu ihrer besten Freundin, »also, wenn ich nicht verliebt wäre, dann würde ich jetzt versuchen, mit dem Verliebtsein aufzuhören.« Beide schweigen einen Moment. »Eigentlich muß ich jetzt wirklich aufgeben«, fährt die verliebte Freundin fort, »also spätestens jetzt. Er ist ja nicht zu haben, auch für andere nicht, weil er eben eine Vollmeise hat.« Sie macht eine Pause. Dann sagt sie: »Ich habe mich mal wieder in einen mit Vollmeise verliebt.« Die beste Freundin lacht leise vor sich hin. Die verliebte Freundin sagt: »Aber ich kann jetzt nicht aufgeben. Ich habe mich echt total verliebt in den.« Die beste Freundin hört sich das an. Dann sagt sie: »Und jetzt sag' noch mal: was hat S. genau gesagt?« – »Sie hat gesagt, mit Zwangsneurotikern könne man manchmal schöne Resultate erzielen«, antwortet die verliebte Freundin. Die beste Freundin lacht wieder leise und sagt dann: »Das finde ich gut. ›Schöne Resultate‹ – finde ich sehr gut. Ja, mach das so. Bleib dran. Aber sag mal: Findest du den denn eigentlich wirklich sexuell attraktiv?« – »Uuh«, stöhnt die verliebte Freundin, »Ja. Nein. Doch. Natürlich. Der ist halt einfach total mein Typ, das weißt du doch. Aber ich weiß und sehe es schon kommen, daß gerade das ein ewiger Quell des Unglücks wäre, wenn es was würde, aber es wird ja nichts.« – »Wer weiß«, sagt die beste Freundin, »vielleicht wird es ja doch was.« – »Ja, meinst du?«, fragt die verliebte Freundin und lächelt verklärt. – »Schöne Resultate«, sagt die beste Freundin wieder. Sie lacht so gern.

Die verliebte Freundin erzählt Freund R. von dem Verhältnis, das sie einmal mit einem verheirateten Mann beginnen wollte. Der Freund kennt jenen Mann flüchtig und sagt: »Ich glaube nicht, daß der ein guter Liebhaber ist.« – »Warum?« fragt die Freundin. – »So halt«, sagt der Freund. Beide schweigen einen Moment. »Und außerdem«, sagt dann der Freund, »ich stelle mir das so vor: der ist ja praktisch emotional in seiner Ehe abgesichert, für den ist das alles ganz klar geregelt, und der ist auch zufrieden dabei und kann sich doch gar nicht vorstellen, wie das ist, wenn es nicht so ist, und wenn es dann einmal danebengeht, ich meine, wenn es dann einmal daneben noch etwas gibt, also solche Verliebtheiten, oder vielleicht sind es ja auch bloß Geilheiten, dann finden die irgendwie so nebenbei statt und werden gar nicht wahrgenommen als das, was sie für unsereinen sind, dieses Existentielle, die werden nicht als dieses Existentielle begriffen, sondern bloß als irgendwelche Zusatzgeschehnisse, weiter nichts.« Die Freundin hört konzentriert zu. Der Freund fährt fort: »Und wir? Wir verlieben uns, und dann wird es immer nichts ...« Da bekommt die Freundin einen Lachanfall, und der Freund redet nicht weiter.

Zum Abschied fällt der Freund der verliebten Freundin um den Hals, küßt sie auf beide Backen, umarmt sie fest und flüstert ihr ins Ohr: »Bist du denn wirklich so unglücklich?« In diesem Moment ist die Freundin nicht unglücklich. Gleich weist sie darauf hin, daß sie das letzte Wochenende quasi durchgeheult habe.

»Erst seit ich verliebt bin«, sagt die verliebte Freundin, »merke ich, wie viele Freunde ich eigentlich habe, wie viele Männer ich als Freunde habe, meine ich, und daß ich mit allen meinen Freunden viel besser reden kann als mit dem Mann, in den ich verliebt bin.« – »Ja«, sagt Freundin B., »das glaube ich. Meine Theorie ist, daß man sich sowieso immer in den verliebt, der einem am allerfremdesten ist.« – »Aha«, sagt die verliebte Freundin. Freundin B. fährt fort: »Man verliebt sich in denjenigen, der einem im Kern absolut unbegreiflich ist. Zu dem es keinen anderen Zugang gibt als durch die Liebe. Zu dem man, wenn man überhaupt etwas mit ihm zu tun haben will, den größten, den weitesten Sprung machen muß. Wo man einen Abgrund überspringen muß, um zu ihm zu kommen. Das braucht Mut.« Sie macht eine Pause. »Ja, das braucht Mut«, sagt sie dann noch einmal. »So, wie du es sagst, klingt es geradezu heroisch«, sagt die verliebte Freundin. – »Ja«, wiederholt Freundin B., »Verliebtsein braucht Mut. Und den hast du. Und deswegen finde ich es toll, daß du dich verliebt hast.« – »Na ja«, sagt die verliebte Freundin, »eigentlich hört sich das ein bißchen kitschig an.« Sie schweigen einen Moment. »Und was nützt mir denn mein Mut«, fragt die verliebte Freundin dann, »wenn er keinen hat? Er hat nämlich überhaupt keinen Mut.« – »Na, dann halt nicht«, sagt Freundin B.

»Ich habe mich verliebt, aber ich fürchte, es wird nichts«, sagt die verliebte Freundin zu ihrem väterlichen Freund. »Ja«, sagt der väterliche Freund, »das kann ich mir vorstellen.« – »Warum?« fragt die Freundin. – »Na ja«, sagt der väterliche Freund, »es ist so etwas um dich, daß du immer alleine bleiben sollst.« – »Immer alleine?« fragt die Freundin und starrt ihn voller Entsetzen an. – »Ja«, sagt der väterliche Freund, »es gibt solche Leute, und du gehörst zu ihnen. Man sieht es ihnen an. Die bleiben immer alleine, das ist ihr Schicksal. Die sind einfach dafür bestimmt.« Jetzt starrt die Freundin auf den Tisch. Sie reden eine Weile nicht. Dann wechselt sie das Thema. Sobald sie daheim angekommen ist, ruft die verliebte Freundin ihren einstigen Geliebten an und erzählt ihm, der väterliche Freund habe gesagt, es sei ihr Schicksal, daß sie immer alleine bleiben müsse. »Das ist doch gemein«, sagt sie und heult schon dabei, »der darf doch so etwas nicht sagen«, sagt sie und fängt an zu schluchzen. – »Ja«, sagt der einstige Geliebte, »der darf so etwas nicht sagen. Auch wenn er recht hat.«

»Wenn wir uns treffen«, sagt der Mann, in den die Freundin verliebt ist, »dann schaust du mich an, als würde das wirklich Schreckliche noch kommen. So ist es leider. Der Unterschied zwischen unseren Zuneigungen ist groß.« Die Freundin starrt ihn an und denkt, daß das wirklich Schreckliche nun gekommen sei. Außerdem denkt sie, daß sie gleich zu heulen anfängt. Sie senkt den Blick. Der Mann senkt auch den Blick, denn fremder Leute Unglück aus der Nähe betrachten zu müssen ist immer peinlich.

Jetzt sagt keiner mehr etwas.

Mein liebstes Kind lag mir unterm Herzen steineschwer und weinte Blut, es weinte sehr. Das ganze Leben lag vor ihm, der schrecklich lange Weg. Mein liebstes Kind wollte ihn nicht gehen und seinen Vater nicht sehen und seine Mutter nicht. Denn es war ein kluges Kind. Ich trocknete das Blut von seinem Gesicht, und als dem Wasser die Erde wich, wurde es leicht, mein Kind, und floh sogleich von meinem Herzen schwer wie ein Stein ins Wasser hinein.

Erde zu Erde, Zahn um Zahn.
Staub zu Staub, Aug' um Aug'.
Asche zu Asche, Herz um Herz.

40 Jahre edition suhrkamp
Das Jubiläumsprogramm

Kleine Geschichte der edition suhrkamp. Redaktion Raimund Fellinger. Mit Abbildungen. Sonderdruck edition suhrkamp. 96 Seiten

15 neue Bände ...

Giorgio Agamben. Das Offene. Der Mensch und das Tier. Aus dem Italienischen von Stefan Monhardt. es 2441. 120 Seiten

Juri Andruchowytsch. Das letzte Territorium. Essays. Aus dem Ukrainischen von Alois Woldan. es 2446. 150 Seiten

Zygmunt Bauman. Flüchtige Moderne. Aus dem Englischen von Reinhard Kreissl. es 2447. 280 Seiten

Ulla Berkéwicz. Hanauer Gefühle. Ein Essay. es 2445. 90 Seiten

László Darvasi. Eine Frau besorgen. Kriegsgeschichten. Aus dem Ungarischen von Terézia Mora und Agnes Relle. es 2448. 200 Seiten

Jacques Derrida. Die Stimme und das Phänomen. Einführung in das Problem des Zeichens in der Phänomenologie Husserls. Aus dem Französischen von Hans-Dieter Gondek. es 2440. 120 Seiten

Hans Magnus Enzensberger. Nomaden im Regal. Essays. es 2443. 150 Seiten

NF342/1/02.03

Durs Grünbein. Warum schriftlos leben. Aufsätze. es 2435. 150 Seiten

Jürgen Habermas. Zeitdiagnosen. Zwölf Essays 1980-2001. es 2439. 200 Seiten

Iris Hanika. Das Loch im Brot. es 2438. 120 Seiten

Ted Honderich. Nach dem Terror. Ein Traktat. Aus dem Englischen von Eva Gilmer. es 2437. 170 Seiten

Friederike Mayröcker. Die kommunizierenden Gefäße. es 2444. 100 Seiten

Cees Nooteboom. Paris, Mai 1968. Aus dem Niederländischen von Helga van Beuningen. Mit Fotos von Eddy Posthuma de Boer. es 2434. 80 Seiten

Albert Ostermaier. Vatersprache. es 2436. 70 Seiten

Josef Winkler. Leichnam, seine Familie belauernd. es 2442. 100 Seiten

... und 15 Bände, die immer neu sind

Theodor W. Adorno. Eingriffe. Neun kritische Modelle. es 2430. 172 Seiten

Roland Barthes. Mythen des Alltags. Aus dem Französischen von Helmut Scheffel. es 2425. 152 Seiten

Ulrich Beck. Risikogesellschaft. Auf dem Weg in eine andere Moderne. es 2432. 392 Seiten

NF342/2/02.03

Samuel Beckett. Warten auf Godot. En attendant Godot. Waiting for Godot. Deutsche Übertragung von Elmar Tophoven. es 2419. 245 Seiten

Walter Benjamin. Das Kunstwerk im Zeitalter seiner technischen Reproduzierbarkeit. Drei Studien zur Kunstsoziologie. es 2424. 169 Seiten

Thomas Bernhard. Amras. es 2421. 99 Seiten

Silvia Bovenschen. Die imaginierte Weiblichkeit. es 2431. 280 Seiten

Judith Butler. Das Unbehagen der Geschlechter. Aus dem Amerikanischen von Kathrina Menke. es 2433. 237 Seiten

Norbert Gstrein. Einer. Erzählung. es 2423. 118 Seiten

Peter Handke. Die Innenwelt der Außenwelt der Innenwelt. es 2422. 152 Seiten

Uwe Johnson. Begleitumstände. Frankfurter Vorlesungen. es 2426. 454 Seiten

Thomas Rosenlöcher. Ostgezeter. Beiträge zur Schimpfkultur. es 2428. 179 Seiten

Peter Sloterdijk. Kritik der zynischen Vernunft. es 2427. 960 Seiten

Peter Weiss. Abschied von den Eltern. Erzählung. es 2420. 146 Seiten

Ludwig Wittgenstein. Tractatus logico-philosophicus. Textkritisch revidierte Ausgabe. es 2429. 120 Seiten

NF342/3/02.03